D E A R + N O V E L

夢じゃないみたい

渡海奈穂
Naho WATARUMI

新書館ディアプラス文庫

S H I N S H O K A N

夢じゃないみたい

目次

イラストレーション／カキネ

夢じゃないみたい

1

メーラーの送信ボタンを押してから、椅子の背凭《せもた》れに寄りかかって大きく伸びをする。これでひとまず今日までにやらなくてはならない仕事は完了だ。

千野《せんの》は軽く溜息をつき、パソコンデスクに置かれた時計へと視線を移した。午後十一時半少し過ぎ。千野にとってはまだ夕方のような時刻。在宅のWEBデザイナーの就業時間なんて、定まっている方が異常だろうと思う。自分以外の同業者に知り合いがいなかったから、実際のところを千野は知らないが。

冷め切ったコーヒーを淹《い》れ直そうと、マグカップを持って立ち上がる途中で、机の上にバランス悪く積まれていた書類に手が当たってそれが崩《くず》れた。

「あれ」

つい声を出しつつ、崩れた書類を積み上げ直そうとした千野は、仕事関係の資料などの中に紛《まぎ》れ込《こ》んだ一枚の葉書に目を留めた。折りたたまれた往復葉書。

「……ああ、こないだだったんだっけ」

大学の時に入っていた陸上部同期の気の早い忘年会。部といっても活動としては同好会みたいなもので、気楽だったから部員たちの仲がよく、卒業して五年経《た》っているのにOB会の他にも年に一度はこうして招集がかかる。集まりがあったのは先週の土曜日だ。すでに過ぎている。

（しかし、律儀《りちぎ》だよな）

ただし千野はその集まりのどれにも、一度だって顔を出したことがなかった。

そもそも恒例《こうれい》の追い出し会や、大学の卒業式にすら出なかったというのに、幹事である元部長は必ずこうして葉書を送ってきてくれる。

千野は出席にも欠席にも丸をつけていない葉書をしばらく眺めた。大学の名前や『陸上部』という文字を見ていると、あの頃の記憶がじわじわと頭の底から浮かんでくる。

「……」

いつしか冷や汗をかきそうな気分になって、千野は慌てて往復葉書を念入りに折りたたみ、さらに四つ折りにすると床のゴミ箱に落とした。どうせ出席するつもりも返事を出すつもりもないのだから、届いた時点で捨てたってよかったのに、面倒がって適当に机の上に放っておいたのがいけない。

千野はコーヒーを淹れ直すのも面倒になって、カップを机の上に戻すと、部屋の窓からベランダへと出た。五階建てのマンションの最上階から見えるのは、もっと高いマンションやその他のビルの壁ばかり。駅に近い町中にある建物からの景色は眺めて楽しいものでもなかったが、千野は手すりに凭れてぼんやりと辺りを見遣《みや》った。

一仕事終えた後にやってくるのは、達成感でも解放感でもなくただ空虚さだった。仕事の終わりが千野はあまり好きじゃない。仕事の他にするべきことが思いつかないからだ。頭の中も、体の中も、ぽっかり穴が開いたように何もなくなって、自分の立っている場所すら意識から見失う。

（ああ、まずい）

またよくない方向に思考が行っている、ということにはすぐに気づいた。油断するとこうだ。意味もなく五階のベランダから飛び降りたくなる。飛び降りたって、真下にあるのはマンションの自転車置き場の屋根だから、下手したら助かってしまう。綺麗に死ねるならいいが、中途半端《はんぱ》に助かって他人の手を借りなければならないような人生を送るのは御免《ごめん》だ。

（そもそも死ぬ理由がない）

生きる理由もないけど、と浮かんだ言葉は強引に頭の隅へ追いやる。二十七歳にもなって、偏《かたよ》った思春期みたいな自殺願望を持っているのはどうにもみっともないと思うのに、気を抜けばすぐにこんな考えが浮かんでしまうのだから困りものだった。別に厭世観《えんせいかん》を持っているわけでも、具体的に辛いことがあるわけでもない。「あ、腹が減ったな」とか、「あ、煙草《たばこ》が吸いたいな」とかいう程度の欲求と同じくらいの気安さで、「あ、死にたいな」という言葉が脳裡《のうり》に浮かぶのは、千野の癖のようなものだった。

要するに仕事の切れ目で暇を感じるのがいけないのだ、もっと積極的に新しい仕事を探すようにしなくては——と千野がなるべく前向きな思考を心懸《こころが》けながら部屋の中へ戻った時、甲高《かんだか》いドアチャイムの音が響いた。

「……何だ？」

千野はつい、先刻見遣ったばかりの時計でもう一度時刻を確かめる。午後十一時半を過ぎた頃。

人の訪《たず》ねて来るような時間ではない。新聞の勧誘や訪問販売の類《たぐい》が来るにしては遅すぎるし、仕事の打ち合わせをこの部屋でやることはないし、個人的に連絡もなく家に押しかけてくるような相手には、時間に関わらず千野には一切《いっさい》心当たりがない。家族ですら千野の現在の連絡先を知らず、友人と呼べる唯一の人間が来る用事も思いつかなかった。

だから悪戯《いたずら》とか、どこかの部屋の住人が酔っぱらって部屋を間違ったのだろうと考えて、千野はチャイムに反応しなかった。

だが、今度こそコーヒーを淹れ直そうとパソコンデスクに近づいた時、もう一度ドアチャイムが鳴った。

さらに二度、三度と、しつこく呼び出しの音が響く。

鳴らしているのは確実に自分とは関わりのない『他人』のはずだから、応対するのも面倒だし放っておこうと思ったのに、あまりにチャイムの音がうるさくて、千野は仕方なく壁のインタホンに手を伸ばした。

「——はい？」

警戒しながら、インタホン越しに呼びかける。

『千野？』

少しくぐもって聞こえる受話器からの声が、間違いなく自分の名を呼んだので千野はぎょっとした。

『ここ、千野さんち？』

「え……は、はあ」

質問するというよりも、確認するような響きの声音に、千野は曖昧《あいまい》に相槌《あいづち》を打った。相手にまったく見当がつかず、ただただ当惑してしまう。

いや。

（違う、そんなわけない）

本当は記憶の片隅にずっと根づいている懐かしい声に似ていることに動揺して、それはありえないと、必死になって打ち消している。

「あの……どちら様？」

『棚澤《たなざわ》だけど』

だが打ち消したはずの名前が、インタホンから確実に届き、千野は思わず受話器を取り落としそうになった。

「た、棚……澤？」

『そう、同じ大学の、同じ陸上部だった棚澤靖之《やすゆき》』

ご丁寧にフルネームその他まで口にされ、千野にはドアの向こうにいるのがあの棚澤靖之であることに、疑問を差し挟む余地《よち》すら奪われる。

『悪いけど中、入れてくれないか？』

なぜここがわかったのかとか、何の用事なのかとか、訊《たず》ねることが千野にはできなかった。驚きのあまり声の出し方を忘れてしまったのだ。

『千野？』

もう一度名前を呼びかけられ、千野にできることはといえば、とりあえず受話器を置いて玄関に向かうことだけだった。

途中で床のゴミ箱へと無意識に視線を投げる。出られなかった同窓会。出たくなかった同窓会。

その一因が、まさか目の前に降って湧《わ》くなんて、数分前まで千野は思いもしなかった。

「よう。こんばんは」

五年ぶりに見る棚澤の印象は大学時代から随分《ずいぶん》とかけ離れたもので、千野はドアを開けて相手に声をかけられた瞬間、そのことに愕然《がくぜん》とした。

そう真面目な練習を毎日していたわけではないけれど、百十メートルハードルという瞬発《しゅんぱつ》力《りょく》や跳躍《ちょうやく》力《りょく》が必要な種目を専門にしていたから、選手時代はそれなりに筋肉質でがっちりした体つきだった。いつも浮かべていた明るい笑顔も、日焼けした体と相俟《あいま》って、健康とか健全とかいう表現がぴったりなイメージだった。

なのに今、千野の前に立つ棚澤は、長身なのだけは変わりようがないが、よれかけたスーツの下に収まった手足はあの頃より一回りは細くなっているし、頰はげっそり瘦《こ》けているし、どことなく顔色が悪く目の下には隈《くま》までできている。

こういう顔に千野は覚えがあった。仕事の納期《のうき》が迫《せま》っていて、数日徹夜を続けた時に鏡に映る自分の姿だ。

「棚澤……だよな？」

顔の造りまでが変わってしまったわけではないのだから、千野の言葉は愚問《ぐもん》だった。なのに訊ねずにはいられなかった千野に、棚澤が口許《くちもと》だけ上げるやり方で、にやっと笑って見せる。

「久し振りだな」

その笑い方も、あの頃の屈託《くったく》のない表情とは違って、千野は当惑せずにはいられなかった。

「あ、ああ……」

「お邪魔します」

上がっていいかとも上がっていいともやりとりのないうちに、棚澤は玄関に入り込むと靴を脱ぎ、家主《やぬし》を押しのけるようにして勝手に廊下に上がった。

(うわ、酒臭い)

棚澤と擦《す》れ違《ちが》う時、鼻を突く強烈なアルコールの臭いが漂《ただよ》ってきた。相当飲んでいるらしい。廊下を進む足取りも覚束《おぼつか》ない感じだ。

「おい、棚澤……」

困惑しきって、千野はよろぼう棚澤の後を追った。棚澤は短い廊下の突き当たりからダイニングキッチンと間続きのリビングに入り込み、また勝手にソファへと身を投げ出すように腰を下ろしている。

「あー、悪い、水くれないか?」

何から相手に訊ねるべきか迷う千野に、ソファに凭れ込みながら棚澤が言った。仕方なく千野はキッチンに行って、棚澤のために水を汲《く》んでやる。

あまりに思いがけなさすぎる再会に、千野の心臓は怖《おそ》ろしいものに遭遇した時のように大きく鳴っている。

(何なんだ、一体)

悪い夢でも見ている気分だった。そもそも他人が足を踏み入れることなどこの五年間でまったくなかった部屋に、よりによって棚澤が入り込んでいる。状況に頭がついていかなくて、現実味がない。

今の棚澤がどこで暮らしているのかは知らないが、大学時代と変わらないのならば、千野の住むマンションとは県をひとつ挟むくらい離れているはずだ。

「あの、棚澤、悪いんだけどこれ飲んだら出てって……」

とにかく棚澤と顔を合わせていたくない。

その一心で、水の入ったコップを握り締めながら振り返った千野は、言葉の途中で動きを止めた。

棚澤は、つい先刻座ったばかりのソファの上で、目を閉じ、半分傾いてすうすうと寝息を立てている。

「……」

そのことでむしろ安堵《あんど》して、千野はひっそりと息を吐いた。居座られるのは困るが、とにかく意識がないのなら、起きている棚澤が自分の家の中にいるよりは気分的にマシだ。

千野はコップをソファの前にあるテーブルに置くと、携帯電話を手にしてリビングを出た。寝室へと入りながら、アドレス帳を探って電話をかける。

数回の呼び出し音の後に、相手が電話に出た。

『はい、横倉《よこくら》』

「もしもし、千野だけど」

『おう、どうした。おまえから電話くれるのなんて初めてだな』

電話の向こうの声は、嬉しそうに弾《はず》んでいる。

「あのさ、横倉、もしかしたらだけど、棚澤に俺の連絡先教えたか？」

心当たりといえば、一人しかいないのだ。

仕事相手を除けば家族すら知らない千野の住所や電話番号を知っているのは、大学の元同級生、棚澤とも同じ陸上部で部長を務め、ＯＢ会だの同窓会だのとまめに連絡を寄越《よこ》してくる、この横倉誠二《せいじ》だけ。

『教えたけど、あれ、教えたっていうか、おまえが教えたんだろ？』

「んん？」

横倉が怪訝《けげん》そうに問い返してくるが、千野にはその意味がまったくわからなかった。

「俺が棚澤に？」

『そう。こないだ集まった時、棚澤に言われたんだよ。携帯壊れて千野の連絡先なくなっちゃったから教えてくれって。今日来いって言ったのに千野は相変わらず来なくてしばらく本人に会いにいけないから……とか言うし、赤外線でおまえのアドレス送って。千野、知らないうちに棚澤と連絡取り合ってたんだな。よかったよ』

「……」

何がいいもんかと毒づくことが、千野にはできなかった。自分が横倉以外の友人と連絡を取ろうとしないことに、横倉自身がひそかに心を痛めてくれているのを知っているからだ。「よかった」と言う横倉の声は、本当に嬉しそうだった。

『ほら、棚澤も今大変な時だろ。おまえ、あいつと会ったり、電話することあったら、あんまりそれには触れないようにして上手《うま》いこと元気づけてやってくれよ』

「大変な時？」

今度も横倉の言葉の意味がわからず、携帯電話を手にしたまま千野は眉を顰《ひそ》めた。

「って、何が？」

『あれっ？』

横倉は横倉で、千野の反問に再び怪訝そうに声を上げている。

『何がって、千野は聞いてないのか？』

「だから、何がだ？」

『うーん……』

考え込むように唸《うな》る横倉の声と一緒に、小さくぐずる赤ん坊の声が千野の耳に届いた。

『ちょっと俺から言うことでもないし、詳しいことは本人に聞いてくれ』

赤ん坊の声は電話から近い。横倉は生まれたばかりの自分の娘をあやしながら話しているようで、千野にはそれ以上食い下がって聞くのもためらわれ、遅い時間に電話をかけたことを詫《わ》びて、仕方なく電話を切った。

結局わかったのは、棚澤が横倉の人の好《よ》さにつけ込んで、騙《だま》すようにしてまで自分の連絡先

を聞き出したということだけ。

それが何のためにかはわからないままだ。

溜息をつきながら、千野はリビングへ戻った。棚澤はソファで斜めになって眠っている。

「……」

千野はそっとその前に近づき、おそるおそる、棚澤の寝顔を見下ろした。

やはりどこか憔悴《しょうすい》したような、ひどく窶《やつ》れた顔をしている。棚澤は酒に強い方だったのに、ここまで泥酔《でいすい》したのは、疲れているせいなのかもしれない。

(で……どうするんだ、これ)

できれば家から出ていって欲しかったが、こんな状態の棚澤を無理に起こすのは忍びなかったし、起きた棚澤と面と向かって何か話をするのも気が進まない。

結局、千野は途方に暮れて、眠る棚澤の前で立ち尽くすことしかできなかった。

◇◇◇

初恋らしき初恋は高校二年生の時だったから、今時にしては随分奥手な方だったと思う。

自分が同性を好きになる類の人間だと気づいたのもそれと同時で、初恋が遅かったのがそういう性質であることから目を背《そむ》けていたせいなのか、単に好みの相手がそれまで周りに存在しなかったせいなのかは未《いま》だにわからない。

その初恋が告白もせず相手を見ているだけで終わったのは、別に同性だから諦めたという理由ではなかった。勿論《もちろん》それも大きな原因ではあったが、たとえ異性を好きになれたとしても、自分から誰かに恋の告白をする度胸《どきょう》なんて千野は持ち合わせていなかった。容姿も成績も運動神経も平凡で総《そう》じて地味、気の利《き》いた趣味があるわけでも面白い話題を提供できるわけでもない自分が、誰かに告白するとか、誰かと恋人同士としてつき合えるようになるなんて、想像すらしたことがなかった。同年代の子供に人気のアイドルも、同じクラスにいる人気者の男子生徒も女子生徒も、千野にとっては全部ひっくるめて遠い存在だった。

幸い私立ののんびりしたエスカレーター式の学校に通っていたから、教室の片隅でひっそり息を殺している暗い生徒をいじめるような者もおらず、千野はごくごく平穏でつまらない生活を高校卒業まで送った。一人でいることが苦ではない——むしろ集団で行動する方が面倒で苦痛に感じる性格だったから、誰からも必要以上に構われない生活というのは、どちらかと言えば居心地がよかった。

家と学校を往復するだけの退屈な生活が一変したのは、大学に入ってからだ。

外部の大学を受験した理由は、一人いる兄の方が出来がよくて両親の期待も大きく、さほど成績のよくない自分に余計な学費がかかるのが申し訳ないと、千野自身が思ったせい。奨学金が貰《もら》えるレベルの大学を選んで入学した。

入学後、強引な勧誘を断り切れず、陸上部に無理矢理入部させられた。そこで出会ったのが、棚澤や横倉たちだった。

千野が棚澤への恋心を自覚するのに、一週間もかからなかった。

棚澤は快活で親切で、優しかった。中学高校と陸上競技をやっていたそうで、先輩に押しつけられた千野の面倒を、嫌な顔ひとつせず見てくれた。ずっと帰宅部で体育の授業以外に運動なんてしたことのなかった千野に、熱心な指導をしてくれた。

『千野は体力あるし、結構根性もあるから、長い距離が向いてると思うぞ』

棚澤のそんな言葉だけで、三千メートル障害なんていう馬鹿みたいに辛《つら》い種目に二年以上も感《かま》けることになった。体力も根性も本当はなかったけれど、棚澤が一緒に走ってくれるから、失望されたくないという思いだけで部活を続けた。

練習は週に数度で、大会に出る回数よりも飲み会の方が多いくらいだった。棚澤や、彼と仲のいい、学年のまとめ役だった横倉が何かと気にしてくれたから、千野は部内で孤立することがなかった。大勢と過ごすのは相変わらず苦手だったが、棚澤と一緒にいるのは楽しくて、彼がそばにいれば他の部員たちとも上手くやれた。

だからつい、調子に乗ってしまったのだ。

『そういや千野って、まだ好きな子とかできないのか？』

何の話の流れだったか、棚澤が不意にそう訊ねてきたのは、大学二年の夏頃。それよりずっと前に彼女の話になった時、千野は『好きな女』はできたためしがないと答えて、棚澤や他の部員たちを驚かせていた。

『あー、うん、まあ……』

この手の話題から縁遠いなんて自分を見ればわかるだろうに、まるで恋人がいても当たり前というふうな棚澤の口調が、千野には複雑だが少し嬉しかった。棚澤は決して千野のことを劣《おと》った人間だと見下したりはしない。いつでも自分と同等に扱ってくれる。

『ん？　その反応はいるな？　彼女できたのか？』

だったら俺にくらい教えろよ水臭いな、と拗《す》ねたように言う棚澤の態度がやっぱり嬉しくて、千野はうっかり口を滑《すべ》らせてしまった。

『棚澤なんだけど』

冗談で流されるのならそれでもいい、こんなタイミングでなければ好きな人に告白なんて一生できるわけがないと、笑いながら本人に向かって千野は言った。

練習中だったか、大学から駅に向かう帰り道だったか、とにかく棚澤と二人で並んで歩いている時。

『――』

笑われて終わると思っていた会話は、不意に表情を失くした棚澤の沈黙で途切れた。

しまった、と思った時には遅かった。自分から笑って誤魔化《ごまか》すほど千野の会話スキルは高くない。

棚澤は千野の告白を冗談とは受け取らず、本気にして、笑顔を消した。

その時にはもう、生まれて初めて、千野は全身全霊を込めて『死んでしまいたい』と思っていた。気楽な自殺願望なんてものじゃない。今すぐ自分の息の根が止まって棚澤の視界から消えて失くならなければならないと、心臓が凍るような思いで願った。

『そっか……』

なのに駆け出して逃げることもできず、蒼白《そうはく》な顔で立ち尽くす千野の隣で、同じように立ち止まった棚澤がぽつりと呟いた。

『でも……ごめんな。俺、今好きな人ができて、食事とか誘おうかなって思いかけたところで』

罵倒《ばとう》か、嫌悪《けんお》か、哀れみか。

棚澤は、千野が咄嗟《とっさ》に想像した反応のうちどの種類のものも示さず、ただ申し訳なさそうに千野に向かって頭を下げた。

棚澤が好きだという相手に千野は心当たりがあった。陸上女子部の先輩だ。美人で陽気な、千野とは何もかもが正反対な人。たまに一緒になる飲み会で、彼女と話す時の眩《まぶ》しそうな棚澤の表情に、そばにいた千野が気づけないはずがなかった。

『その話しようと思って話題振ったんだ、本当にごめん、自分のことで浮かれてて、千野の気持ちに全然気づかなくて……』

悔やむように眉を寄せ、俯《うつむ》く棚澤の顔を見た時、千野は思った。

──ああ、多分俺は、一生棚澤のことが好きだろうな、と。

『……あのさ、他に好きな奴いるけど、だから俺からこういうこと言うのは都合いいかもしれないけど、千野がどうしても嫌じゃなけりゃ、俺と友達でいてやってくれないか』

そんな夢みたいな言葉が、自分には分不相応すぎると感じながらも、必死の思いで千野は頷いた。

友達でいい。最初から恋人になれるなんて思っていない。本当はどこかで、自分の気持ちに気づいても、棚澤なら気味悪がったりせずに想うくらいは許してくれるだろうという、甘えや打算があって本音を口にしてしまったのかもしれない。そんないじましい思いを自覚して情けなくなった。

でもこういう自分でも棚澤が受け入れてくれるのなら、この先も友達としてつき合っていきたい。

気づけば、千野は棚澤に向かって、泣きそうな声でそう繰り返していた。言わなくてもいいことだったかもしれないのに、またそんなことを口にしてしまった千野に、棚澤は何度も頷きながら、これからもよろしくなと笑ってくれた。

本当に、その時は心底から、千野は思っていた。

一生、何があっても、自分は友人として棚澤のそばにいたい。

そのつもりだった。

◇◇◇

家の中に他人が、よりにもよって棚澤がいるという事態に緊張して、千野は結局眠ることができなかった。

ろくろく働かない頭を抱《かか》えたまま、寝室とリビングを無闇に往復したり、意味もなくパソコンに向かっていた千野がようやくうとうとしかけた時、背後で棚澤が身じろぐ気配がした。リビングは仕事部屋と兼用だ。作業に疲れたらすぐ休めるように、パソコンデスクの真後ろに大きめのソファが置いてある。

「ん……」

寝起きの掠《かす》れた声が聞こえて、千野はぎくりとする。

「あ……？　ああ……そうか」

一瞬、自分がどこにいるのか見失い、それからすぐに昨夜《ゆうべ》のことを思い出す。そんな棚澤の頭の動きが、千野にもわかった。

「悪いな、ちょっとだけ休むつもりが、朝まで寝こけてたか」

ゴキゴキと、すごい音も後ろから聞こえた。棚澤は昨夜、最終的にソファへ座ったまま横向きに倒れ、千野は仕方なく毛布をその体にかけてやった。不自然な格好《かっこう》で眠ったせいか体中が痛んでいるのだろう。棚澤が身じろぐたびに、骨の鳴る音が響いている。

「もうちょっとしたら、起こそうと思ったんだけど……会社だろ、今日も」

パソコンのモニタを見たまま、千野はできるだけ平静を装《よそお》って棚澤に言った。今日は平日。棚澤は誰でも名前を聞いたことのあるような食品メーカーの企画部で働いているのだと、横倉から聞いている。

「ああ、いいんだ、会社は」

後ろで、今度は伸びをする気配。また骨が鳴った。

「いいって？」

「昨日辞めてきたから」

「え……っ」

驚いて、千野は思わず背後を振り返ってしまう。うっすらと無精髭《ぶしょうひげ》の生《は》えた棚澤と目が合った。

「辞めたって、おまえ、だってあんないい会社だろ？　そんな、勿体《もったい》ない……」

「俺の就職先知ってたのか、千野」

棚澤の問いに千野はうろたえた。棚澤は狼狽《ろうばい》する千野の内心には気づかないように、小さく何度か頷いている。

「ああ、横倉から聞いたのか？　あいつとはまだ連絡取ってるんだもんな、おまえ」

千野が昔の仲間のところへ顔を出すことは卒業以来一度もなかったが、その消息くらいは横倉が皆に話しているだろう。千野自身は、できるのなら自分の話題など人前で出さないでほしかったが、訊ねる人がいれば答えるぞと横倉からは言われていた。

（……ってことは、棚澤も俺のこと少しは気に懸けてくれてたってこと……か？）

でもそれはそうだろうと、千野はすぐに納得する。

棚澤は連絡すら寄越さない自分のことを、今でも友人だと思ってくれているのだろう。そして、姿を見せないことを心配してくれていたのだ。棚澤というのはそういう男だった。

「ともかく会社は大丈夫。貯金もあるし、しばらくは退職金で豪遊《ごうゆう》だ」

明るい棚澤の声音ほど、その表情は無邪気ではない。無理にはしゃいでいるようにも見えて、千野は彼を見下ろしながら眉根を寄せた。

棚澤が、その千野のことを見返す。

「そういうわけで、当分ここに置いて欲しいんだけど」

「え？」

何が『そういうわけで』なのかわからず、千野はさらに眉を顰めた。

「何をだって？」

「俺を」

「な、何で」

「家に帰りたくないから。ああ、シャワー借りてもいいか？　汗かいて気持ち悪い」

混乱しっぱなしの千野を後目《しりめ》に、棚澤はソファから立ち上がって着たままだったスーツの上着を脱いでいる。昨日会社を辞めてきた、と棚澤は言った。鞄《かばん》ひとつを持っていただけだったから、会社帰りに飲み屋にでも寄って、家には帰らずここまで来たのかもしれない。

「風呂あっちか？」

棚澤がドアの向こう、廊下の方を指差すのに、千野はつい頷いてしまった。寝室の向かいが風呂とトイレだ。

「悪いけど何か着替え貸しといて」

千野の答えも待たず、棚澤はさっさと風呂場の方へ向かっていってしまった。

千野はまったく成り行きについていけない。一晩経っても、棚澤が自分の家にやってきて、ソファで夜を明かしたという事実が呑み込めずにいる。

おまけに、

（あれ、本当に棚澤か？）

そんな疑いまで頭を擡《もた》げてきた。あの優しくて親切で、さりげなく人を気遣うことに長《た》けていた棚澤と、強引で一方的に家に上がり込み、風呂まで借りようとする棚澤が、千野の中で上手く重なり合わずにいる。

少しすると、風呂場の方からシャワーの音が聞こえてきた。棚澤の薄い通勤用らしき鞄の中に、着替えなんて入ってはいないだろう。千野は慌てて寝室に駆け込んで、幸運にも買い置きしてあった未開封の下着と、できるだけ綺麗なスウェットの上下を持って脱衣所に放り込んでおいた。

（どうしよう）

リビングに戻り、千野は頭を抱えながらソファにへたり込む。

ソファの上には丸められた毛布。

ここに、さっきまで棚澤が寝ていた。

（どうすりゃいいんだ……）

おまけに、『当分この家に置いて欲しい』なんて言って、今、シャワーを浴びている。

千野はソファでうずくまるように体を丸めた。胸の中から、どうしようもない感覚が湧き上がって来る。心臓が痛すぎて、呼吸をするのも辛いくらいだった。

本当にあれがあの棚澤なのかと、頭の上《うわ》っ面《つら》で思いながらも、気持ちは正直だった。

棚澤に会えて嬉しい。

手の施《ほどこ》しようのない強さで千野は自覚した。自分がまだ、棚澤のことを好きだという事実を。

2

棚澤《たなざわ》は宣言通り、千野《せんの》の部屋に居座り続けた。

千野のマンションを突然訪《おとず》れてからもう一週間、会社に行くことはなく、新しい仕事を探す様子もなく、昼でも夜でもかまわずふらっといなくなっては、数時間後に酒の臭いを漂《ただよ》わせたり、やたら煙草《たばこ》臭くなって帰ってくる。

やはり棚澤は着替えの一切《いっさい》を持っておらず、千野は仕方なく自分の部屋着を彼に貸すことになった。体格差のせいで、伸びる素材のジャージやスウェット以外の服は棚澤には入らない。

歯ブラシだのタオルだのの日用品も準備していないようだったので、千野はやはり仕方なく、ストックや洗い替えを使うように自分から相手に申し出た。客用の食器なんてそもそも用意していなかったので、近所のスーパーでカップだの皿だのを買う羽目《はめ》にもなった。

部屋にいて欲しくはないのに、いるからには放っておくことができない。棚澤は千野の微妙に丈《たけ》の短いスウェットを着て、それを気にする態度も見せず、当たり前の顔で千野のものを使って千野の部屋で暮らしている。千野はそんな棚澤に、本人のサイズに合った服も買うべきなのだろうかと悩み始めている。

だが自分も使うからと言い訳のきく日用品ならともかく、棚澤だけのために何かを買うことに、どうしても踏み切れはしなかった。

「パチスロって初めてやったわ。結構面白いのな」

ダイニングテーブルに並んだ出来合いの総菜《そうざい》を口に運びながら、棚澤が言った。昼過ぎに出ていってつい先刻、夜の九時を回った頃に戻ってきたのだが、行き先は口ぶりからして駅前にあるパチンコ屋だったらしい。

「ガンガン金がなくなってくからちょっとビビるけど」

「ああいうの、中毒になるっていうから、ほどほどにしとけよ……」

千野は遠慮がちに棚澤に忠告した。ギャンブルをやる手合いは好きではなかったし、棚澤にも似合わないと思った。だが相手が随分《ずいぶん》と荒《すさ》んでいるのはこの一週間ほどで嫌というほどわかったから、止めようとしても無駄だとは思っている。

「まあな、ほどほどにな」

案《あん》の定《じょう》、棚澤はまったく真剣味のない調子で相槌《あいづち》を打つだけだった。

それでも棚澤がこうして出来合いとはいえまともな食事をとって、最初この部屋に来た時よりは多少マシな顔色になっていることで、千野は少し安心していた。

勝手に居座り始めた棚澤を無理に追い出すことができなかったのは、そうしたが最後、棚澤がどこかを彷徨《さまよ》った挙句野垂《あげくのた》れ死《じ》にするのではと本気で心配だったからだ。

(俺ならともかく、棚澤が誰かにそんな心配をされるとは)

とにかく棚澤の頽廃《たいはい》ぶりは酷《ひど》かった。部屋にいてもただソファで寝転んでぼんやりしていて、煙草は千野が嫌いだと言ったから吸う時だけはベランダに出るが、後はトイレに行く時くらいしか自分から動こうとしない。千野もあまり進んで食事をとる方ではなかったし、仕事が詰《つ》まっている時にはつい食べるのを忘れがちになっていたが、棚澤に栄養を取らせなくてはと気になって、朝昼晩と規則正しく支度した。

千野がパソコンの前から離れられずに料理だけテーブルに用意している時には、棚澤は食事に手をつけないので、仕方なく千野まで三食きっちりとるようになってしまった。

あまり興味のなさそうな顔でテレビを見ながら食事を口に運ぶ棚澤に、千野はまたおずおずと呼びかけた。

「あの……さ、棚澤」

この一週間、訊《き》きたくて訊けなかったことを、決死の思いで口にする。

「自分の家には戻らなくていいのか？　奥さん、待ってるんじゃないのか？」

棚澤が二年前に会社の先輩と結婚したことも、横倉《よこくら》から聞いて知っている。陸上部の仲間と一緒に千野にも式に出席してほしいと横倉経由で打診《だしん》された時、千野はその後一ヵ月くらい、いつもより積極的に死にたい気分と戦わなくてはならなかった。

（別に、あの時は、未練があったとかじゃなかったとは思うんだけど）

昔好きだった男が結婚すると聞いて、それに直接ショックを受けたわけじゃない。ただ結婚という、自分とは縁遠《えんどお》い言葉が自分の知る人の身に着実に降りかかっていると思ったら、それについて具体的に考えるのが嫌になって、面倒ついでにまたベランダから飛び降りたくなっただけだ。そのはずだ。三年前、横倉が結婚すると本人から聞かされた時もそうだった。

「ああ。嫁とも別れたからいいんだ」

「――」

半《なか》ばでは、予測していた答えだった。

テレビを見たまま、どうでもいいことのようにあっさり答えた棚澤に、だが千野は咄嗟《とっさ》に相槌を打つこともできなかった。

既婚者《きこんしゃ》なのに一週間も家を空《あ》けているなんて尋常《じんじょう》ではない。嫁と何かあったのは確かだろうから、だから千野は怖《おそ》ろしくて「奥さんを放っておいていいのか」と棚澤に訊けないままだった。

「三ヵ月くらい散々揉《も》めて揉めて、いい加減嫁の顔見たくなくなって家出てさ。しばらくネットカフェっての？　ああいうとこから会社通ってたんだけど、ネットのゲームとかやってたら何かどーでもよくなって無断欠勤続けて、さすがに人としてどうかと途中で思い直したから、ちゃんと辞表出してきたんだ。ここに来る前」

「ちゃ、ちゃんと、って……」

きちんと会社勤めをしていないという点では、千野も人のことをとやかく言えない。だが、責任感が強くて途中で何かを投げ出すことなんてなかったはずの棚澤の、あまりの投げ遣りぶりに呆然としてしまう。

「そういえば、千野も会社行ってる様子ないけど、何やって暮らしてるんだ？」

棚澤の方も、部屋に居座って一週間もしてからようやくそんなことを千野に訊《たず》ねてきた。

「俺は……まあ、家でできる仕事っていうか」

「パソコン関係？　よくそこ座ってるけど」

一応は、千野が何をしているのか気にはしていたらしい。同じ部屋にいながらまったく相手のことが目に入らない方が異常だとは千野も思うが、棚澤は人の家に押しかけてきたくせに、こちらにはまったく無関心のように見えていた。人に構う余裕がなく、自分の殻《から》に閉じこもりきっていたというか。

「そう、頼まれて店とかのサイト作ったり、それの管理したり」

テレビから自分の方へと視線を移した棚澤に、千野は多少戸惑いながら頷いて見せる。棚澤がこんなふうに話しかけてきたのは今日で初めてだった。

「へえ、じゃあフリーのＷＥＢデザイナー？　格好《かっこ》いいな」

「そんな大したもんじゃないから、全然。独学だし、個人でやってるような小さな店相手にしてるだけだし」

始めて数年の仕事で、謙遜《けんそん》ではなくそう威張《いば》れた状況ではないと千野自身は思っている。素人《しろうと》にちょっと毛が生《は》えたようなものだ。

「でもそれで生計立てられるくらいはやってるんだろ」

「これだけでやってけるようになったのは本当につい最近だよ、それまでは貯金喰《く》い潰《つぶ》してた」

「何だ、千野もしばらく勤めてたとこ辞めたりした口か？」

「や……会社に就職とかってのは、したことないけど」

もぞもぞと、歯切れ悪い口調で答えてから、千野は誤魔化《ごまか》すようにおかずを口に放り込んだ。

棚澤はまだ続きがあると思っているのか、千野のことを首を傾《かし》げて見ている。居心地の悪い気分で、千野は俯《うつむ》きながらまた小さく口を開いた。

「大学の時の就職活動で内定してたとこは取り消されたし、その後は何もしなくても喰ってけるくらいの金が手に入ったから、働いてない」

「宝くじでも当たったのか？」

棚澤に、千野は苦笑気味に頷いて見せた。

「そんなようなもん」

「ふうん」

誤魔化す千野に、棚澤は曖昧に頷いただけでそれ以上深く訊ねてこようとはしなかった。千野が話したがらないことに気づいたのだろう。この辺りの気遣いは、まだ健在らしくて千野は多少ほっとする。

「今の仕事って、どうやって仕事相手見つけてきたんだ？　独学っていうなら、会社でやってた時の伝手《つて》とか、習ったスクールで紹介とかじゃないんだろ」

世間話のような調子で、棚澤が元の話題に戻って続けた。

「ああ、横倉の実家が商店やってるだろ。前に、暇ならウチの店のサイト作ってくれって言われて、よくわからないままその手の本とか買ってきてどうにか作って……で、それ見た同じ商店街の人が、うちもって横倉伝手で頼んできて、そのうち口コミみたいに横に拡《ひろ》がっていったって感じ」

「横倉か。あいつ面倒見いいし、顔広いしな」

「そうだな、横倉のおかげで助かってる。じゃなかったら今まだ無職の引きこもりだよ、俺」

笑って言いかけてから、千野は途中で顔を強《こわ》ばらせた。少なくとも本当の無職である棚澤の前で気楽に言うことではなかったかもしれないと思い至って。

「で、でも、俺ですらどうにか仕事にありつけてるんだから、棚澤だってすぐに新しい仕事見つかるだろ」

「俺は当分いい、失業保険が結構下りるし、そもそも働く気が失《う》せたから会社辞めたんだ」

「そ……そっか……」

その働く気が失せた理由は、やはり離婚なのだろうか。気になったが、千野は棚澤に確かめる勇気が起きなかった。

「嫁の浮気相手が上司でさ、俺の。俺のっていうか、まあ俺と嫁の。同じ会社の同じ部署で知り合ったから。媒酌人《ばいしゃくにん》もやってくれた人だぜ。その上その人が嫁の初めての相手だとか」

「えっ」

訊ねもしないのに、棚澤の方から答えられ、さらにその言葉の内容にも驚いて、千野は妙な声を上げてしまった。

目を見開く千野をじっと見返して、棚澤はまた口許《くちもと》を歪《ゆが》める方法で笑った。

棚澤らしくない、と千野は思う。

「馬鹿馬鹿しくなるだろ、色々」

吐《は》き棄《す》てるように言う棚澤に、千野は何とも答えられなかった。気軽に相槌を打てる話題ではない。

(……自棄《やけ》になるのは当然か)

会社を馘首《くび》になったとか、奥さんが浮気したとか、せめてどちらか一方だけだったら、棚澤だってこんなに荒《すさ》まなくてすんだかもしれない。

(でも、じゃあ何で俺の家になんて来たんだ、横倉に住所聞き出してまで? 弱ってる時に頼りにするってなら、五年も会ってない、しかも俺なんかより、それこそ面倒見のいい横倉とかの方がよっぽど力になってくれるだろうに）

棚澤は再びテレビの方へと視線を戻し、千野は会話を続ける術《すべ》もなく、そんなことを考えた。傷ついて捨《す》て鉢《ばち》になっている棚澤に、何か上手《うま》い言葉をかけて励《はげ》ましたり、別の楽しい話題を振って嫌な思い出を忘れさせてやることもできない。こっちがそういう気の利かない人間だということは、大学時代のつき合いだけで棚澤だって承知しているだろうに、謎だ。

「ごちそうさん」

千野が考えに耽《ふけ》っているうちに、棚澤は食事を終えて立ち上がった。茶碗《ちゃわん》や箸《はし》を手に取って、キッチンの方へと運んでいる。こんな状況でもきちんと自分の食べたものは自分で片付けようとしている辺り、律儀《りちぎ》な棚澤らしいと千野は思う。

「置いとくだけでいいよ」

背中に声をかけると、棚澤が振り返って頷き、だらだらと億劫《おっくう》そうな動きでリビングへ移動してソファに寝転んだ。もうすっかりそこが棚澤の定位置だ。

（しばらくは、そっとしとくか）

慰《なぐさ》めの言葉も思いつかないのなら、下手なことは言わずに放っておくのが一番だろう。千野は内心でそう決める。

（……。髭剃《ひげそ》ればいいのになあ）

暗いニュースでも見るような顔でバラエティ番組を眺めている棚澤の姿を見遣《みや》るうち、どんどん別の方向へと千野の思考は巡っていく。髭剃りのストックも渡したのに、面倒なのか使われた形跡《けいせき》がない。無精髭を生やしっぱなしの棚澤は、実年齢より少し上に見える。

(でもそういうのも悪くはないんだよな、大学時代の棚澤っぽくはないけど、これはこれで、男臭くてグッとくるっていうか窶《やつ》れてる感じが色っぽいとか)

そんなことを考えてから、千野は先刻交わした棚澤との会話を思い出してはっとした。あんな理由で弱っている棚澤を肴《さかな》に夕食を食べるなんて、趣味が悪い。

とはいえ、同じ空間にいる限り、千野はどうしても棚澤を意識せずにいられなかった。いられるはずがなかった。

(……俺が寝込みを襲《おそ》う前に、出てってくれないかなあ)

そんな度胸《どきょう》もないくせに、千野はそう願う。もしまだ棚澤が自分のことを友達だと思ってくれているのなら、だから弱っている今自分のところに来たというのなら、それが崩《くず》れないうちに距離を置いてしまいたかった。

◇◇◇

だが基本的に放置しておくことを決心した次の日には、千野はその方針を自分で破らなくてはならなくなった。

　サイト制作の依頼主と打ち合わせをして帰ってきた夕方、マンションの部屋に棚澤の姿はなかった。また出かけているのだろうと、千野が何となく溜息をつきながら慣れないスーツのネクタイに手をかけた時、玄関の方でものすごい音が響いた。

「……棚澤？」

　慌てて玄関に走って戻れば、靴を履《は》いたままの棚澤が靴箱に凭《もた》れかかるようにして床に膝《ひざ》をついている。どうやらドアを入った直後に転んだらしい。

「お、おい、おまえ、大丈夫かよ……」

　靴箱の上に溜めておいたダイレクトメールやチラシの束《たば》が床に散らばっている。棚澤は自力で身を起こそうとして壁に手をついたが、上手く立ち上がれないようでよろめいている。千野は仕方なく、その体を両手で支えてやった。

　棚澤はまた相当なアルコールの臭いを辺り中に撒《ま》き散《ち》らしている。どこかの店で散々《さんざん》飲んできたのだろう。

「しっかりしろって、ほら、歩けるか？」

　いくら現役《げんえき》時代から遠退《とおの》いたと言っても、身長や元々の体格の差で、千野が棚澤をリビングまで引きずっていくのはひと苦労だった。棚澤はまともに歩こうともしてくれない。酔っぱらって熱くなった棚澤の体に凭れかかられ、千野はその熱を意識しないように必死だった。

「おまえな、そりゃ、飲みたくなるのも仕方ないかもしれないけど……もうちょっとペースとか、体調とか、考えろよ。こんな毎日飲んだくれて、体悪くするぞ？」

どうにかソファに横たえさせて――半ば放り投げるような形になった――千野は重い荷物を持ったせいで息を乱し、棚澤のことを見下ろした。

「それにこの辺あんまり治安もよくないし、もし酔っぱらって外で寝込んだりしたら、変な奴に財布すられたりとか」

「財布？　……ああ、持ってけ、金ならいくらでもあるぞ」

可笑《おか》しそうに笑いながら、棚澤はズボンの尻ポケットから財布を取り出してひらひら振って見せている。

「貯金だって退職金だって、おまえが一生懸命働いて貯めた大事な金だろ。そんないい加減に振り回したり」

「手切れ金？　や、慰謝料《いしゃりょう》？　じゃなくて、口止め料か……」

喉《のど》を鳴らして笑い、棚澤は財布の中から紙幣《しへい》を抜き出すと、ソファから起き上がって勢いよく空中にばら撒いた。千野は一体どうしたらいいのかわからず、呆然と棚澤の様子をみつめる。

「こんな汚い金いらないっての。千野、おまえ、何か欲しいものないか？　何でも買ってやるよ、足りないってならまたあいつらから搾《しぼ》り取《と》ってきてやる」

「棚澤……」

顔を歪めて笑う相手が、自分の知っている棚澤だとは思えなくて、散らばった金を拾い集めながら、千野は悲しくなってきた。

(あの棚澤を、ここまでにするって)

棚澤の感じているダメージを想像するだに辛《つら》くなる。

「何だよその顔」

笑ったまま、棚澤が自分を見上げる千野の視線に気づいて首を傾げた。

「すっげぇ悲しそうな顔するな、おまえ——そんなに俺のこと、可哀想《かわいそう》か？」

可哀想かと問われれば、可哀想でしかない。千野は頷いた。

「気の毒すぎる」

何が可笑しいのか、棚澤は笑い続けている。

笑いながら、千野の腕を出し抜けに摑《つか》んできた。

「え……」

「千野、昔、俺のこと好きって言ったよな」

「はっ？　え、え？」

いきなりそのことを蒸《む》し返《かえ》されるなんて思ってもおらず、千野は棚澤の言葉に隠しようもなく動揺した。

咄嗟《とっさ》に腕を引いて逃げようとするが、強い棚澤の力がそれを阻《はば》む。

「だったら慰めてくれよ。可哀想なんだろ、俺は」

「……」

千野は棚澤にきつく腕を摑まれたまま、ごくりと、喉を鳴らして唾液《だえき》を嚥下《えんか》した。

この話の流れで、『慰める』というのがただ頭を撫《な》でてよしよしなどとあやすことではないくらい、千野にもわかる。

(え、いいのか?)

自分が棚澤を思いあまって襲うことはあっても、棚澤から強要されるなんて思ってもみなかった。

(どうしたんだこれ、俺の人生にあるまじき幸運が……)

棚澤は酔いのせいかとろんとした、赤く潤《うる》んだ目で千野のことを見下ろしている。

「ほら、千野。慰めろって」

「……」

集めた金を床に置き、ふらふらと、千野は灯《あか》りに誘われる虫みたいに棚澤へと身を寄せて、自由な方の手でそっと相手の頰に触れた。伸びっぱなしの髭が掌《てのひら》に当たってざらざらする。その感触を確かめながら目を閉じ、ソファに片膝で乗り上げて棚澤の唇へ唇で触れる。近づくと、さらに強烈な酒の臭いがした。

「――」

一瞬、棚澤の肩が揺れた気がした。唇を離してその顔を見遣ると棚澤と目が合う。棚澤は微《かす》かに目を見開いていた。まるで思いがけないことをされたとでもいうように。

（あれ？）

やっぱりこんな慰め方ではいけなかったのか、そう思って、だったらとんでもないことをしてしまったと千野が慌てて身を引くより先に、棚澤の片手も千野の頬に伸びてくる。

棚澤の掌は、優しく千野の顔を撫でた。戸惑って千野がみつめる先で、棚澤が開いていた目を閉じている。ゆっくりした動きだった。

（……そうか、酔っぱらって、こんな）

棚澤はきっと、酔いすぎて自分が何を言ったのか、自分が千野に何をさせようとしているのか、わかってはいないのだろう。自暴自棄《じぼうじき》が昂《こう》じて、前後不覚に陥《おちい》っている。

千野は棚澤が大人しく目を閉じているのをいいことに、再び相手に顔を寄せた。

手探りでテーブルに置いてあるリモコンを取り、部屋の照明を落とす。廊下の灯りだけが残って、間近で目を凝《こ》らさなくては相手の顔も姿もよく見えなくなった。

「……ん」

腕から棚澤の手が離れ、千野は両手を使ってその頬を撫で、何度も相手に接吻《くちづ》けた。瞑《つむ》った目をうっすら開けてみると、棚澤は心地よさそうに目を閉じたまま、大人しく千野のキスを受けているのがわかる。

（夢みたいだ……）

精一杯の優しさで、千野は棚澤の唇を唇で食《は》み、頬や目許にも触れた。髪を撫でながらさらに耳朶《じだ》や首筋にも唇をつけ、舌で肌を舐《な》め取《と》る。

「……気持ちいい」

ぽつりと、小さく漏《も》れた棚澤の言葉で千野の頭に血が昇る。自分が触れても相手が嫌がっていないことが嬉しくて、片手を今度は棚澤の下肢《かし》へと動かしていく。腿《もも》や腰の辺りを撫でた後、そっと足のつけ根の方に移動した。ジャージ越しにやんわり触れてみても、そこは何の反応もない。

千野は両手で下着ごとジャージをずり下げ、くったりしている棚澤のペニスを剝《む》き出《だ》しにした。

（棚澤の……）

夢にまで見た、というのが情けないことに冗談にならない。棚澤に触れて、抱かれる夢を大学生の頃に何度も見た。恋人同士になれるなんて思ってはいなかったのに、貪欲《どんよく》に触れ合う行為だけは頭に浮かべることができた。

想像でしか見たことのなかったものが、今千野の目の前で無防備に晒《さら》されている。

慎重に指で触れると、小さく棚澤の腰が震える。片手で包むようにしながら棚澤を見上げたら、少し眠たそうな顔でじっと千野の動きを見守っているのが、薄闇に慣れ始めた視界に見えた。

（やっぱり、わけがわかってないのか）

自分に触れているのが誰なのかも、泥酔《でいすい》している棚澤にはわかっていないのかもしれないと、千野はちらりと考える。だとしたら弱みにつけ込むような形になって最低だと思うのに、止められるはずがない。そのつもりで灯りも落としたのだ。

千野は握《にぎ》った片手をゆっくりと動かし始めた。酔いすぎているせいなのか、繰り返しても反応がない。千野は一度棚澤から手を離し、掌に唾液を垂《た》らしてから、それを握り直した。濡らしたおかげで少しだけ扱《しご》き易《やす》くなる。強弱をつけて擦《こす》り続けると、ようやく手の中で棚澤のものが固くなり始めて、千野は無性《むしょう》に嬉しくなった。

「ふ……」

見上げれば、棚澤は気持ちよさそうな息を漏らし、気持ちよさそうな顔で千野のすることをまだ眺めている。

千野は棚澤の視線を感じつつ、昂《たか》ぶりかけた相手のものに舌を這《は》わせた。最初は形をなぞるように丁寧に先端から根本まで舐めていき、さらに固くなってくることにぞくぞくしながら茎を横咥《よこぐわ》えにする。片手で根本を支え、片手で内腿《うちもも》や茎の下の膨《ふく》らみにも触れる。

「あ……ぁ……」

微かに息を乱して、棚澤が小さく声を上げている。濡れたその声に興奮し、千野は熱心に棚澤を口や手で慰めた。

千野の口中で棚澤のものはすっかり勃《た》ち上《あ》がりきったが、なかなか達することがなく、いい加減千野の顎《あご》が疲れてきた頃にようやくどろっとした体液を吐き出した。

「んん」

喉の奥まで咥え込んだところで射精され、千野は思わず噎《む》せ返《かえ》りそうになりながらも、どうにか堪《こら》えて棚澤のものを唇から抜き出した。

千野が片手で口許を押さえて口の中に注がれたものを全部飲み下す様子も、棚澤はじっと見ている。視線に気づいて、千野は少し焦《あせ》りながら赤くなった。咥えている時は自分も気が昂ぶっていたのでそれほどでもなかったが、終わった後、一滴残さず飲み干そうとする姿を見られるのはやけに恥ずかしい。

「おまえ……上手いなあ……」

ソファに凭れ、酔っぱらった棚澤が笑ってそんなことを言う。

「い、いや……ははは……な、慣れてる、っていう、か」

言っていてますます情けなくなった。男のものを咥え慣れているなんて威張《いば》れることじゃないし、実際は威張れるほど経験があるわけでもない。しかし、棚澤にどう返答するべきか、上手い言葉がみつからなかった。

「ふうん……」

頷きながら、棚澤がまた千野の腕を掴み、なぜか体を引き寄せてきた。
「え、棚澤？」
「お返し」
千野が面食《めんく》らっている間に、棚澤の手で互いの体の位置が入れ替えられる。気づいた時には
ソファが背中にあって、千野は棚澤にのしかかられるような格好になっていた。
「い、いいって、俺は、大丈夫だから」
千野は焦った声を上げる。棚澤はもう千野の首筋に唇をつけて、下肢の間を片手でまさぐっ
ている。
「大丈夫じゃないみたいだからさ」
棚澤の掌はすぐに千野の膨らみを探り当てた。棚澤のものを口や手で愛撫するうち、すっか
り昂ぶってしまっている千野の中心を。
「でもっ」
うろたえる千野の反駁《はんばく》は、棚澤の口の中に呑み込まれた。棚澤にキスされた——と思ったら、
抵抗する意欲が千野の中から綺麗さっぱり消え失せてしまう。棚澤は酔っぱらいの割に器用な
動きで千野のネクタイをほどき、上着を脱がせ、シャツの前をはだけていく。露《あら》わになった肌
に躊躇《ちゅうちょ》なく唇を当てられ、千野は自分こそがひどく酔っぱらったように頭の中がくらくらし
てきた。

「ん……ん」

口の中を棚澤の舌で搔《か》き回《まわ》され、その動きに自然と応《こた》える。ほんのわずかの時間逡《しゅん》巡《じゅん》して、千野は棚澤の背に両腕を回した。肌を撫でてくる棚澤の動きは変に縋《すが》るような印象で、千野の胸が痛くなる。また可哀想に思えて、その髪や背を撫で返した。

「棚澤……」

首筋に唇をつける棚澤の頭を搔《か》き抱《いだ》きながら耳許で名前を呼ぶと、棚澤が身じろいで、再び千野の口中を深く舌で侵食《しんしょく》してくる。休みない深いキスが息苦しくなって合間に必死で喘《あえ》いでいると、ベルトをゆるめたスラックスの中に片手が差し入れられ、直接昂ぶった場所を握られた。その先端からはすでに先走りが滲《にじ》み出《で》て、すっかり固く張り詰めている。

「い……っ、た……」

強い力で擦られて、千野は思わず声を上げた。

「も、ちょっと、弱く……」

千野の懇願《こんがん》は聞き入れて貰《もら》えず、棚澤の掌はきつく千野のものを握り締めて動いている。力が強すぎて痛みを感じたが、それで快楽を得られないこともないので、千野は我慢した。

(だって、せっかく棚澤が触ってくれてるのに)

贅沢《ぜいたく》は言っていられない。棚澤の好きなようにさせたかった。

「……ッ」

爪の先で先端を押されて、千野は身を強《こわ》ばらせながらまた上がりそうになる声を呑み込んだ。

(男の喘ぎ声なんて、気持ち悪いだろ)

棚澤を我に返らせたくなかった。千野は唇を噛《か》み締《し》めて、棚澤の少し荒っぽい愛撫を受け続ける。血が滲みそうになる唇に、棚澤の舌が触れてきた。千野は声を漏らさないよう、息を詰めながら唇を開く。

棚澤の手は相変わらず少し乱暴に千野の茎を擦り続けている。早く千野を追い詰めて、達するところが見たいとか、そういう雰囲気だった。それがわかったので、千野は我慢せず、衝《しょう》動《どう》に任せて棚澤の掌に白濁《はくだく》したものを吐き出す。

「く……っ……ん……」

千野が身を強ばらせ、震えながら射精した後も、棚澤の手は止まらず動き続けている。

「棚……澤……も、いいって……」

「嫌だ」

達したのにまだその場所を弄《いじ》られ続けるのが辛《つら》くて音《ね》をあげる千野に、棚澤はまるで頑是無《がんぜな》い子供のように短く言って、手を止めることがなかった。

「や……もう、痛……」

眦《まなじり》に涙を滲ませ、泣き言を漏らしながらも、千野は棚澤を押しのけたりはせずにいた。されるまま、ただその首に力なく腕を回して髪を撫でる。

「収まらないなら……もう一回……？」

自分に上からのしかかる棚澤の中心が、再び固くなり始めているのに気づいて、千野は乱れた呼吸の合間にそう相手へ囁いた。

答える代わりのように、棚澤の片手が千野の茎からさらに下——体の一番奥にある窄《すぼ》まりへと触れた。

「……こっち、使えないのか？」

「で、でも」

周辺を撫でられる感触に震えながら、千野は困惑した。

「俺……は、ともかく、棚澤は……」

嫌じゃないのかと、訊ねるのも答えを聞くのも怖くてできない千野の両脚を、棚澤がぐっと手で持ち上げてくる。腿の裏を押されて、開いた脚を高く掲《かか》げるような格好にさせられた。

「……ッ」

棚澤は躊躇《ちゅうちょ》も見せず、窄まりへと舌を這わせた。相手がやはり自棄糞《やけくそ》にでもなっているとしか思えず、制止しようと声を上げかけたが、悲鳴みたいな高い声が出そうになったので慌てて両手で口許を押さえる。

「んっ、んん……ッ」

棚澤が指でその場所を押し広げ、奥まで舌を差し入れてきた。たっぷり唾液を送り込まれ、指でも掻き回されて、千野は喉から切羽詰《せっぱつ》まった声を何度も漏らしてしまう。

「ここ……何だか欲しがってるみたいに見えるな」

「な、何言っ、て」

笑いを含んだ棚澤の声に、千野は耳まで赤くなった。

物欲しそうに棚澤の指を締めつけ、舌の動きに翻弄《ほんろう》されてひくついていることは自分でもわかっているので、強く反論はできない。

「そのまま挿《い》れても大丈夫なもんか？」

グッと、中で軽く折り曲げた指を回されて、千野は隠しようなく体を震わせる。

「ゴム……とか、ないから……、……俺は、平気……だけど……」

おまえの方が嫌なんじゃないかと、その質問も千野は口にできない。

「ふうん……」

呟きつつ、棚澤が千野の腰を掴んで体をひっくり返してきた。ソファの上で、獣《けもの》が這《は》うような格好を取らされる。

「う……あ……！」

間を置かず、熱いものが窄まりに押し当てられ、そのままぐっと中に潜《もぐ》り込《こ》んできた。千野はソファに縋るようにしてその感覚に耐える。覚えのある圧迫感。

（久し振り、過ぎて）

誰かの昂ぶりを体の中に受け入れるのなんて、数年ぶりだ。もっと酷《ひど》い苦痛になると覚悟していたのに、千野の中は思いのほかすんなりと棚澤のものを飲み込んでいった。

「す……げぇ……」

後ろから、棚澤の溜息交じりの声が聞こえて、千野は背筋を震わせた。明らかな快感を滲ませた声。その声と中を擦られる感触で、千野は震えを止められなくなる。

(やばい、気持ちいい……)

棚澤は奥まで自分自身を差し入れてから、ゆっくりと律動《りつどう》を始めた。最初は小刻《こきざ》みに、段々と大きく。

「んっ、んあ、あ……ぁあっ、あ、あ……ッ」

そのたびに、千野は声を堪えようなく零《こぼ》してしまう。棚澤に揺さぶられるたび、体の奥の方からどうしようもない快楽が滲み出てきた。

(こんな……ここまで、って)

誰かに後ろを貫《つらぬ》かれて、これほど気持ちいいのは初めてのことだった。差し入れられる棚澤の熱さも、固さも、動きも、どれもこれもが千野の感じる場所を的確に攻めてくる。

「すっげぇ気持ちいい、千野……」

熱に浮かされたような声で、棚澤も千野の心中と同じような言葉を漏らしている。濡れた肌同士がぶつかる音を聞きながら、千野は耐えかねて自分の下肢の間に手を伸ばした。ついさっ

き達したばかりだというのに、もう、いきたくていきたくて仕方がない。後ろの刺激だけでは物足りなくなって、張り詰めた場所を浅ましく掌で擦る。先端から滲み出す液が指に絡《から》まり、茎を擦り上げるたびに濡れた音が立った。

「……自分でしてるのか？」

音と仕種《しぐさ》に気づいたのか、後ろから動いたままの棚澤に訊ねられ、千野は薄闇の中で目許を赤くした。

「う、ん……」

体勢のせいで、はっきりと無様《ぶざま》な姿を見られなくて幸いだ、と思う。後ろを犯されるだけではもの足りずに、自分で自分を慰めている姿なんて、棚澤に見られたくない。見ないで欲しいと思いながらも、千野は手の動きが止められない。

もう少しでいく、と思ったタイミングで、出し抜けに体の中からずるりと棚澤が出ていって、千野は驚いた。

「え、何で……」

思わず恨みがましく呟いた時、再び棚澤の手で体の裏表を入れ替えさせられる。さらに驚く間に、両脚を抱え上げられ、すぐにまた解《ほぐ》れて充血した窄まりへと棚澤のペニスが潜り込んできた。

「あ……ッ」

「こっち……」

ぐっと押し入れられ、衝撃に息を詰める千野の手を棚澤の手が摑み、萎《な》える気配もない昂ぶりに触れさせられた。

荒く奥まで突き入れられ、搔き回される感覚に翻弄されて、千野はわけもわからず棚澤に導《みちび》かれて再び自分のペニスを片手で握り、衝動のままに刺激する。

じっと、棚澤がその様子を上から眺めているのがわかっていたのに——わかっているから余計、動きを止められなくなった。

「あ……っ、……く、いく、棚澤……いく……」

「……俺も……ッ」

譫言《うわごと》のように上擦った声を漏らす千野に、棚澤も低い声で応える。

さらに中を搔き回された後、握り締めたペニスの先端から白い体液を吐き出しながら、千野は棚澤も自分の中でまた欲望を解き放つのを感じた。

◇◇◇

気づいた時には一糸纏《いっしまと》わぬ姿の棚澤がぐったりと体の上に凭れ、同じく裸の状態の千野はその背に両腕を回したままうとうとしていた。

「うわ……ぐちゃぐちゃ……」

自分たちの惨状《さんじょう》を見て、千野は思わず呟いた。体中が汗やお互いの吐き出した体液で湿っぽくなっている。ソファは布のカバーを掛けてあるのが幸いだった。後で洗濯しなくてはならない。

「……」

そっと様子を窺い見ると、棚澤は千野の上ですうすうと穏やかな寝息を立てている。自分が何度達して、棚澤が何度自分の中に精液を注《そそ》ぎ込《こ》んだのか、千野は覚えていなかった。途中からお互い疲れ切って眠くなり、なのにお互いしつこく触り合って、とうとうこんな状態で寝てしまった。

壁の時計を見ると、真夜中、日付が変わった辺り。長い時間眠っていたと思ったが、実際にはほんのわずかの間意識がなくなっていただけらしい。

千野は棚澤を起こさないように細心の注意を払って、その下から抜け出した。床に落ちていた、いつも彼が眠る時に使っている毛布を素っ裸《すっぱだか》の上に掛けてやって、自分は脱いだ服を抱えてリビングを出ていった。

なるべく音を立てないようにシャワーを浴びて、体の中に残る棚澤の体液を掻《か》き出《だ》す。あまり深く何かを考えないように気を遣いながら風呂場を出て、寝室に入るときちんと服を着る。ベッドに座ってタオルで髪を乾かしている時、ノックもなく寝室のドアが開いた。振り返ると、裸のままの棚澤が不機嫌な顔で立っていた。

「あ、悪い、起こしたか？」

咄嗟にその体から目を逸《そ》らして言った千野のそばに、棚澤が近づいてくる。

「どうして服着てるんだ」

「どうしてって……嫌だろ、起き抜けに男の裸なんてそばにあったら」

軽く眠ったせいか、棚澤の表情も声音も、その前よりは少し素面《しらふ》の状態に戻っているようだった。

こんなに早く目を覚ますと思っていなかったが、例えば朝起きて一番に視界に入るのが何も着ていない——触れ合ってぐちゃぐちゃになったままの自分の体だったら、棚澤がさぞかし嫌な気分になるだろうと、千野は急いでソファから離れたのだ。

きっと棚澤が自分にあんなことをさせて、あんなことをしたのは気の迷いだろうから、朝になったら何事もなかったふりをしようと、そう決めて。

(棚澤が嫌な思いをするのも、そういう棚澤を見て自分が悲しくなるのも、嫌だ)

そこまでは説明したくなくて口を噤《つぐ》む千野の横に、棚澤が腰を下ろす。顔を逸らして俯いていた千野は、座った棚澤の体がちょうど視界に飛び込んできて、さらに目のやり場に困った。

「おまえ……隠せよ、ちょっとは」

「せっかく久し振りに気持ちよく寝てたのに、起きたらいないし、千野」

「……え……」

棚澤の口調は不満げだ。もう酒は抜けかけているようなのに、千野の前で裸を晒《さら》すことにもその逆にも躊躇がないふうなのが、千野を困惑させる。起きてすぐ男の裸があることより、なかったことにこそ不満そうで、そんな棚澤に千野はどう応えていいのか、どういう気持ちでいればいいのかもわからなくなってしまう。

「ベッド、でかいな」

千野の当惑には気づかない様子で、棚澤はダブルサイズのベッドを見遣っている。

「もしかしてここ、一緒に使うような相手がいたか？」

「いやっ、いない……けど……寝相悪いんだ、俺」

一人暮らしにしては広めのマンションを借りた時、どうせならベッドも大きくしようと、思い切ってダブルベッドを買ったのだ。

「大体この部屋に他人が入ったの、棚澤で初めてだし……」

「友達とか、家族とかは？」

訊ねられて、千野は小さく苦笑する。

「家に呼ぶような友達なんていない。家族は……まあ、来ないよ」

「ふうん」

言葉を濁《にご》す千野に頷いて、棚澤はそのままベッドへ仰向《あおむ》けに転がった。

「だ、だから、隠すとか服着るとか」

「さっきまであんなことしといて、今さら照れるのも変な話だろ」

「……そう……だけど……」

ストレートに先刻の行為について触れられて、千野はしどろもどろになった。こういう展開は予想していなかった。元々、棚澤が自分とどうこうというのだって、予想の遥《はる》かに範疇《はんちゅう》外だったのだが。

「うちもダブルベッドだったんだ。元嫁さんの希望で」

「……」

棚澤の口から出てきた『元嫁』という言葉に、千野は瞬間的に胸が締めつけられる心地になった。

「二十何万もしたんだぜ、たかがベッドで。俺が一人暮らし始めて買ったパイプベッド、通販で一万三千八百円だったのに」

「俺も……実家で使ってたのは、そんなもんだったよ」

「いつか倦怠期《けんたいき》とかきて、セックスレスにでもなったらこのベッドどうすんだろうって、冗談みたいに考えてたけど。まさか倦怠期が来る以前に、蜜月《みつげつ》すら嘘っぱちだったなんてな」

「え……」

千野が見下ろすと、棚澤はぼんやりと寝室の天井を見上げていた。

「結婚前から、上司のことが好きだったんだと。でも相手には奥さんがいる、だから諦めて会社辞めて、俺と結婚した。でも忘れられなくて、結局また上司とこそこそ陰で会うようになった。俺も馬鹿だよな。そんなことちっとも気づきもしないで、仕事ができる上司を尊敬して、今日はあの人がこんなことを言った、こんなことやったってわざわざ家で話題に出したりして」

千野は相槌も打てず、ただ棚澤の言葉に耳を傾けた。

「浮気じゃなくて本気だとか。……じゃあどうして俺と結婚したんだよ。どうして嘘がつけたんだ。結局上司も奥さんと別れて、一緒になる予定だってさ。じゃあ、だったら最初っからそうしとけって言うんだよ。俺と結婚してみたおかげで、どうしてもお互いがお互いじゃないと駄目《だめ》だってわかったなんて言われて、俺にどんな顔して何を答えろって言うんだか……」

「……」

目を瞑り、疲れたように呟く棚澤の方へと、千野は静かに身を寄せた。

触れるだけのキスをしてみると、棚澤は大人しく寝転んだままでいる。

「……家出てくる前、寝室のベッド見たら吐き気がした。上司のことを本当は一番愛してるって言ったのに、でも俺にもあそこで抱かれてたんだ。どんな気分でそんな——」

棚澤の言葉を遮《さえぎ》るように、千野はもう一度、今度は深い接吻けを相手に施《ほどこ》した。

「……こんな話、つまんないか？」

ゆっくり唇を離すと、間近で棚澤が千野をみつめて訊ねてきた。

千野は小さく首を振る。

「ただしたくなっただけ」

「……そうか」

棚澤が少し笑って目を閉じた。千野は気がすむまで、棚澤に何度もキスしつづけた。

3

棚澤《たなざわ》はまだ千野《せんの》の家を出て行く気配がなく、夜中に突然マンションを訪《おとず》れてから半月以上が経《た》った今日も、昼間はぶらっと外に出かけて、夜になるとアルコールの匂いをさせながらまた戻ってきた。

それでも、自力で立ち上がれないほどに泥酔《でいすい》する日は今のところもうなかったので、千野はいくらか安心している。

「棚澤、そろそろ夕飯にするけど」

仕事が一段落つき、夕飯というには遅い午前零《れい》時過ぎに、千野は食事の支度を始めた。今日はどうしても仕事の手が休められずに、しかし放っておけば棚澤が食事をとってくれないから、こんな時間になってしまった。

「何か手伝うか？」

棚澤が寝転んでいたソファから起き出してそんなことを言うので、千野は少し驚いた。

「じゃあ、そっちの総菜《そうざい》、皿に移してレンジで温めて」

「了解」

家の中ではひたすらごろごろ寝転ぶことしかしていなかった棚澤が、自発的に家事の手伝いを申し出たのは、多少なりとも自暴自棄《じぼうじき》を改めようという兆候《ちょうこう》かもしれない。

「毎日出来合いばっかじゃ、結構金かかるだろ。そういや、食費とか光熱費とか、居座ってるんだから入れないとだよな」

総菜を温めている電子レンジを眺めながら、棚澤がさらにそんなことを言う。インスタントの味噌汁《みそしる》を作るためコンロに薬缶《やかん》をかけつつ、千野は苦笑した。

「いや、いいけど、そのくらい」

「そうはいかないだろ。そうだ、どうせ暇だし、飯の支度なんて俺がやればいいのか。男の手料理って感じだけど、普通に喰えるものくらいは作れるし」

酒を飲んで帰ってから時間が経っているせいか、棚澤は酔いも覚めたらしく、はっきりした口調で喋《しゃべ》っている。

相変わらず無精《ぶしょう》髭《ひげ》で中途半端《はんぱ》に丈《たけ》の上がったスウェットなのはともかく、その言葉は大学の頃を思い出させて、千野は微《かす》かに胸を鳴らした。

「でもうち、料理の道具なんてないぞ。薬缶か、どっかにフライパンくらいはあったか……」

「包丁一本とフライパンひとつあれば、上等だろ。何でもできるぞ」

「や、包丁もないから」

あっという間に二人分の湯が沸《わ》き、千野はコンロの火を止めながら棚澤に応《こた》える。

「包丁ないって、じゃあ果物ナイフくらいはあるだろ？」

「それもない」

「珍しい一人暮らしだな。まず最初に揃《そろ》えるもんだろ」

棚澤の声が近づいてくる。薬缶を持ち上げようとするより先に、後ろから抱き締められた。

「刃物嫌いだし自分一人のために料理する気って、全然起きないし……ん」

片手で頬に触れられ、促《うなが》されて顔を上げると、すぐに棚澤の唇が唇へと触れる。歯で軽く唇を食《は》まれ、片手に胸の辺りを探られたところで、千野は相手の腕を押さえて動きを止めた。

「これから飯だ、ってのに」

困った顔で言う千野に、棚澤が笑って見せる。

「少しくらいいいだろ」

「冷めるからよくないって。――少しじゃ終わらないんだから、どうせ」

それもそうか、と言いながら、棚澤がもう一度千野にキスをしてくる。

「じゃあ喰い終わったら。仕事、一息ついたとこなんだろ？」

「……」

目を伏せ、千野は小さく頷いた。

内心で、食事の前にこういうのはちょっと勘弁《かんべん》して欲しい、と思う。

（期待しすぎて、メシの味がわかんなくなる）

逸《はや》る気持ちを棚澤にばれないようにしなくてはならない。早く触りたくて、触って欲しくて、落ち着かないなんて気づかれたら恥ずかしい。

一度棚澤と肌を合わせた後、夜は一日と置かず同じように触れ合った。お陰《かげ》で千野はここのところ寝不足だ。元々在宅の仕事で時間も不規則だから会社に遅刻するという心配はないが、その分皺寄《しわよ》せがダイレクトに自分のスケジュールにかかってくるので少し困る。

それでも、棚澤に誘われれば千野は拒《こば》めなかった。

（だってどうせ、こんなこと長くは続かない）

酒を飲んだりパチンコをするために棚澤がマンションを出ていくたび、千野は彼がもう二度と帰ってこないかもしれないという覚悟をする。

身ひとつでやってきた棚澤は出かける時も手ぶらで、失くして困るような荷物を千野の家には置いていない。携帯電話すら、彼が弄《いじ》っているところを一度も見たことがなかったから、きっと解約したか、衝動的に棄《す》てでもしたのだろう。

（今のうちに倖《しあわ》せ味わっといたって、罰《ばち》は当たらないだろ）

夜一緒にベッドで寝ている時、あるいは昼間何をするでもなくソファでぼんやりしている棚澤が、不意にやるせない顔で固く目を閉じる姿を、彼がこの家に来てから千野は何度も目にした。きっと別れた妻や、その浮気相手という男のことを思い出しているのだろう。怒りとか、衝撃とか、悲しさや虚《むな》しさを押し殺そうと、必死に頭を抱《かか》えて耐えている。

棚澤がそういう感情を紛《まぎ》らわせるために自分と寝ているのだと、千野は勿論《もちろん》承知していた。

そんなことでは傷が癒《いや》せないとわかれば、棚澤はここを出ていくだろう。

(俺に何ができるってわけでもないし……体なんて、ただの一時凌《いちじしの》ぎだし)

それでも、その『一時』を棚澤が凌ぐことができるなら、そのために自分が少しでも役に立つのなら、千野はそれで満足だし、倖せだ。

「千野？　これ、注《つ》いじゃっていいのか？」

自分の考えに沈んでいた千野は、棚澤に呼びかけられてはっとした。沸かした湯も放ってぼうっとしているうちに、棚澤がてきぱきと総菜をテーブルに並べ、白飯も茶碗《ちゃわん》によそってしまっている。

「あ、ああ、俺がやるよ」

慌てる千野を見て、棚澤が含み笑いのような表情になった。

「何だ。――この後のことでも想像して、動き止まっちゃったのか？」

耳許《みみもと》で囁かれ、その声の淫《みだ》らっぽさに千野はつい赤くなった。

あんなに爽《さわ》やかに見えた大学時代の棚澤が、こんな声でそんなことを自分に言うなんて。

(……想像してたことが、現実になるなんて)

ずっと夢が続いている感覚が、千野の頭や体につきまとっている。

「ん？」

曖昧《あいまい》に困った顔を向けると、棚澤がからかうような視線を寄越《よこ》してきた。千野はこの甘ったるい時間を今のうちに堪能《たんのう》しておこうと、自分から棚澤の顔に唇を寄せた。

◇◇◇

食事の後、予定通り棚澤と長いことベッドで過ごした。

いつもは千野が部屋の灯《あか》りを消して、棚澤があまり『男を抱いている』と意識しないですむように気をつけていたのだが、今日は寝室に入った途端棚澤が性急にベッドに押し倒してきたので、その余裕がなかった。

日課のごとく一度ではすまない行為を終えて、すっかりくたびれ果てた千野は、明るい電灯の下で隠すこともなく濡れた裸を晒《さら》して転がっていた。激しい行為に疲れてしまって、指一本動かすのも面倒だ。

「――千野さ」

まだ息が整わないまま、隣で同じように転がる棚澤に呼びかけられ、千野は緩慢《かんまん》に相手の方へと視線を向ける。

「なに……？」

「これ」

つっと脇腹の辺りに指で触れられ、千野はつい体を揺らした。まだ全身が敏感《びんかん》になっていて、触れられるだけで燻《くすぶ》っていた熱が蘇《よみがえ》ってしまいそうだった。

「あの時の？」

「――」

だが、棚澤に訊《たず》ねられた言葉の意味を把握《はあく》して、熱かった体が一気に冷えていく感覚を味わう。

千野の右の脇腹、背中に近い方には、肌の引《ひ》き攣《つ》れたような傷痕《きずあと》がある。

棚澤が言うあの時というのが何を指しているのか、千野はすぐに理解した。

忘れようがない。

「……そうだよ」

「この傷、小倉《おぐら》先輩にやられたって本当か？」

この五年間、面と向かって訊ねてくる人はいなかった。その機会もなかったせいだが、きっと皆事情はわかっているだろうと千野は思っている。人の噂とはそういうものだ。

「本当。何針か縫《ぬ》っただけで、全然大したことないんだけどさ」

棚澤が傷痕を指先で撫《な》でているので、千野にはくすぐったい。その動きを、手を摑《つか》んで止めさせた。

「でもお陰で就職駄目《だめ》になるし、親兄弟には縁切られるし、参ったよ。まあ男との痴情《ちじょう》の縺《もつ》れで刺されたなんて、外聞《がいぶん》が悪すぎるからな」

なるべく明るく聞こえるような声で、千野は笑いながら言った。それでもしつこく傷痕を触ろうとする棚澤から逃げるふりで、相手に背を向ける。

「それでおまえ、同窓会にもOB会にも顔出さないのか」

「まあな。俺が面白おかしく噂されるなら仕方ないけど、あの部はいい奴ばっかりだったから、俺がいると皆が反応に困るだろ。その方が申し訳なくて」

これは千野の本音だ。

つき合っていた同じ部の、男の先輩と、揉《も》めた挙句《あげく》に刃傷沙汰《にんじょうざた》に及んだ。

ホモの痴話喧嘩《ちわげんか》だと、陰口を叩かれたり面と向かって蔑《さげす》まれるのは別に構わない。本当のことだし、傷つきはするだろうが耐えられないほどではない。

だが大学時代に千野に声をかけ続けてくれたような友人たちは、皆優しくて思慮深い。彼らが自分を傷つけないようにと苦心する様子を考えれば、千野が気軽に彼らの前に出ていけるわけがなかった。

「でも横倉《よこくら》とは会ってるんだな」

「え？」

ようやく傷痕に触れることを諦《あきら》めた棚澤が背後で言って、千野は首だけ相手を振り返った。

「あいつだけが千野の連絡先を知ってるんだろ。おまえと電話して話したとか、葉書出したけど返事来なかったとか、前に言ってた」

「ああ……横倉、面倒見がいいからな。部長だったし」

陸上部の練習の後、すでに卒業していたふたつ年上の恋人に刺された千野を病院まで運んでくれたのは横倉だ。千野は救急車を呼べば問題が大きくなると思って、刺された腹を押さえたまま横倉に車を呼んでくれるよう頼んだ。だから横倉だけは千野の入院先も、その後のあれこれも知っている。

「でも横倉も結婚して子供も生まれて、忙しいみたいだから。最近は滅多《めった》に直接会ってはないよ」

「ふーん……」

棚澤は自分から話を振った割にあまり気のない返事をして、千野から天井へと視線を移した。

「風呂沸かしてくるな。ちょっと湯船浸《ゆぶねつ》かりたい」

つまらない話題は打ち切ってしまおうと、千野はそう言って身を起こしかけた。隣で棚澤がその動きを制し、起き上がる。

「いいよ、俺がやってくる。まだ寝てろ」

「え、でも」

「——まだ動くのしんどいだろ」

艶《つや》っぽい笑みで言われて、千野は赤くなった。確かについ先刻まで棚澤に好き放題貫《つらぬ》かれていた体は、まだ自由に動くほどには回復していない。

千野の目許にキスひとつ残して、棚澤が寝室から去っていく。

寝返りを打って天井を見上げると、千野はベッドにめり込みそうな気分で大きく溜息をついた。

◇◇◇

次の日には、棚澤が近所のホームセンターで包丁や鍋など、調理器具一式を買い込んできた。

『邪魔《じゃま》にはならないだろ、棚の中こんなに空《あ》いてるんだから』

千野が食費を受け取らないので、どうやら自分で食材を買い込んで料理をする気になったらしい。

棚澤の作るものは本人の言うとおり確かに男の手料理という風情《ふぜい》だったが、大雑把《おおざっぱ》でも味は充分で、出来合いの総菜よりもずっと美味《おい》しかった。

酒を飲んだりパチンコに行く以外の行動を自発的に取るようになったのは、棚澤にとってはいいことなのだろう。棚澤は調理器具と一緒に、自分の体に合った着替えもいくつか買い揃えてきたようだ。

（それは喜ぶべき、なんだろうけど）

しかし棚澤が外で放蕩《ほうとう》する代わりに自分の部屋にいる時間が増えたことは、千野には正直苦痛だった。

「でも棚澤は千野の家に来た一番最初の時より、ずっと調子よくなってるみたいなんだろ？」

棚澤が料理を始めて一週間、家に押しかけてきてから三週間経った日の夜、千野は依頼主との打ち合わせを口実に家から抜け出し、バーで久し振りに横倉と顔を合わせていた。横倉は会社帰りでスーツ姿、千野も仕事をしに行くと言った手前、ネクタイを締《し》めて相手と落ち合った。

「それはそうなんだけど……でもずっと同じ部屋にいるっていうのはな。こういう時在宅仕事なのが恨《うら》めしいよ、ノーパソ持ち出して外で作業っていうのは、どうも集中できなくて無理だし」

「そんな息苦しいのか？　棚澤がいて」

横倉に訊ねられ、千野は眉根を寄せた。

「そりゃあ……俺は元々、他人と一緒に住めるような性格でもないからな。……それに、時々、やっぱり思い詰めたような辛《つら》そうな顔してる時あるし」

棚澤に昔みたいに明るく振る舞う時間が増えた分、そうじゃない時との落差《らくさ》が酷《ひど》くなったように見える。つい数分前まで上機嫌に『今日の夕食は何がいいか』などと話しかけてきたと思ったら、急に黙り込んでベランダに向かい、吸いもしない煙草《たばこ》に火をつけて長い時間じっとしていたりする。

(料理して、奥さんのこと思い出してる、とか)

何かが切っかけで急に深いところに落ちる感覚は、千野にもわかる。そういう時、誰からも構われずにそっとしておいて欲しい気分も。

「……棚澤がそういうふうになる理由が別れた奥さんのことだ……っていうのは、本当に正直なとこ言って、しんどいよ」

微かに溜息をついて、千野は酒の入ったグラスを傾けた。カウンタ席の隣で、横倉も眉を顰《ひそ》めている。

「あのさ、千野。辛いならあいつのこと追い出していいんだぞ? 何なら、うちで面倒見たっていいんだし」

横倉の申し出に、千野は苦笑する。

「何言ってんだよ、妻子持ちが。乳飲《ちの》み子《ご》抱えてるところにあんな不安定なの連れてったら、横倉まで奥さんに棄《す》てられるぞ?」

横倉に今日会って、千野は棚澤が自分の家に居座っていることを話した。別に横倉の知らない間に棚澤と親しくなったわけではなく、棚澤が横倉に嘘をついてまで千野の連絡先を聞き出したことも。それを聞いて、横倉はカウンタに頭をぶつける勢いで謝ってきたが、千野は棚澤の口車に乗って迂闊《うかつ》に自分の連絡先を漏《も》らした相手を責めたいわけではなかった。

ただ、事情を話せる相手が横倉くらいしかいないから、少し愚痴《ぐち》りたかっただけで。

「でも……千野は、その、まだ棚澤に気持ち残してるんだろ？」

遠慮がちに横倉が訊ねてくる。千野は小さく頷いた。

千野が大学時代に棚澤を好きだったことを知っているのは、棚澤本人と――以前つき合っていた小倉という先輩と、そして横倉の三人。

棚澤と再会してその恋心が再燃《さいねん》したこと、ましてや体の関係を持ってしまったことまでは、今日横倉には伝えていない。

だが部屋に居座り続ける棚澤について千野が愚痴交じりに話すうち、横倉にも薄々察するものがあったらしい。

（……まあわかるよな、横倉は……）

「そうそう長くは居着かないだろうから、それまでの我慢だと思う。でもやっぱり何か変な感じだよ、家を追い出されて五年もずっと一人でやってきて、実家にいた頃だって親兄弟とほとんど顔も合わせないような生活してたのに、四六時中同じ部屋に他人がいるのって」

実家にいた頃、両親の関心は出来がよくて社交的な兄にばかり向いていて、平凡な弟には義務的に声をかける程度だった。

千野が刺されて入院し、その原因が男との痴情の縺れだとわかった頃、兄には丁度縁談が来ていた。一流の会社の出世頭《しゅっせがしら》、申し分ない家柄の女性との結婚を控《ひか》えた兄のために、両親は千野に当面一人で生きていくには充分すぎる金銭を手渡すと、「この家とは二度と関わらないで欲しい」と揃って頭を下げてきた。

その金で千野は今のマンションを借りて、横倉に仕事を紹介されるまでは、働く必要もなく家に閉じこもって生きていた。

たまに、心配した横倉が、こうして外に連れ出してくれたくらいで。

「あんなことがあった棚澤を、追い出せるはずがないだろ。まあ俺じゃあるまいし、つい魔が差してその辺から飛び降りるようなことなんて、棚澤にはないだろうけど」

笑って言った千野を、横倉が微妙そうな表情で見遣《みや》った。

「……だけど千野はわかってるんだろ。あいつが、どうしておまえのとこに行くことを選んだのか」

「……」

千野は曖昧に笑いながら、横倉から目を逸《そ》らした。それでも心配そうな視線を感じる。

「愚痴ばっかり言って悪かったな。棚澤の話できるのなんて……っていうか俺が何か話せるのなんて、おまえしかいないし」

「千野、お願いだから無理はしないでくれよ。俺ができることなら何にでも力を貸すし、一人で抱え込まないで頼ってくれ」

懇願《こんがん》するように、横倉が言う。

「俺は千野とずっと一緒にはいられなかったけど、ちゃんと倖《しあわ》せになってほしいって思ってるんだぞ」

「……うん。ありがとうな、横倉」

笑ったまま目を伏せて、千野は呟く。

家族すら見舞いに来ない病室にせっせと足を運んでくれ、退院した後に実家の敷居を跨《また》ぐ間もなく追い出された千野のことを、横倉だけが受け入れてくれた。千野を刺した小倉は、千野が庇《かば》おうとしても不審に思った病院が通報して警察に連れて行かれた。横倉は千野がその後の事情聴取《ちょうしゅ》だのですっかり疲弊《ひへい》した時もそばにいてくれて、気づけば友達としての一線を踏み越えていた。騒ぎを嫌った千野の親が示談《じだん》を進めたせいもあり小倉は起訴猶予《きそゆうよ》になったが、当然千野の前からは姿を消し、その状況で一人でいることに耐えきれず壊れかけた千野に、横倉の方から手を差し伸べてきた。

百パーセント同情だったのだということは、お互いわかっていた。だから恋人のように寄り添っていたのは本当に短い時期のことで、それを断ち切ろうとしたのは、この優しい友人を自分の人生に巻き込んではいけないと、横倉と最初に寝た時から猛烈《もうれつ》に悔やんでばかりいた千野の方だった。

横倉はそれでも千野と一緒にいるのだと食い下がってくれたが、千野は聞き入れなかった。

そして別れた後、横倉に好きな人ができて、彼女と結婚すると聞いた時は、癖でつい死にたくなりつつも本当に心から祝福することはできたのだ。

(横倉がいなかったら、多分この世に何の未練もなさ過ぎて、普通に死んでた)

横倉を心配させることだけは避けたい。なのに愚痴を聞かせてしまったのを後悔しながら、千野は彼と別れて家路《いえじ》についた。

思ったよりも長い間話し込んでしまい、店を出て自分のマンションに辿《たど》り着《つ》いた時には、すでに日付が変わろうとする頃だった。

棚澤はもう寝ているか、不規則すぎる生活だから起きているか、そんなことを考えつつ千野が玄関の鍵を開けて中に入ると、リビングの灯りがついている。テレビの音が漏れ聞こえていた。

少しだけ気が重くなるような、けれども棚澤があそこにいると思えば嬉しくもあるような、判別しがたい気分を抱えたまま千野はリビングへと向かう。

「ただいま」

棚澤はソファに身を投げ出すようにしてテレビの方を眺めていた。画面に目は向けているが内容は見ていない様子の棚澤に入り口で声をかけ、千野はもうゆるめてあったネクタイを外しながら寝室へ向かった。

シャツからネクタイを抜き取り、上着も脱いでベッドの上に放り投げる。

「……遅かったな」

いつまで経ってもスーツというものに慣れないし、それを着て外に出ることが嫌で仕方がなかった千野がようやく息をついていると、不機嫌そうな棚澤の声が届いた。

見遣れば、ドアを開けた棚澤が仏頂面《ぶっちょうづら》で立っている。

「こんな時間まで何やってたんだよ」

「何って……言っただろ、仕事の打ち合わせがあるって」

なぜ自分が睨《にら》まれなくてはならないのかわからず、千野は困惑した。

「出てったの夕方なのに、時間かかりすぎだろ」

「や、他にも用事あったし……」

今日の棚澤は朝からローに落ちていて、出かける様子もなく、同じ場所にいない方がいいと判断した千野は横倉との約束よりも随分《ずいぶん》早い時間に家を出た。

(俺に絡《から》んでくるって、珍しいな)

いつも棚澤の調子が悪い時は、一人で気持ちを閉ざしてソファかベランダで固まっているのに、こんなふうに千野の方へ突っかかってくるなんて初めてだ。

(切り上げた方がいい)

こんな状態の棚澤と言い争いになんてなっても、お互いいいことがないだろう。そう思って、千野は箪笥《たんす》から着替えを取り出すと、棚澤の方へ歩み寄った。

「ごめん、風呂入りたいんだ。退《ど》いてくれ」

「他の男と会ってたのか？」

外に出たい素振《そぶ》りをしているのに入り口に立《た》ち塞《ふさ》がっている棚澤に困惑していた千野は、相手にきつく腕を摑まれ、眉を顰《ひそ》めながらその顔を見上げた。

「え？」

「他の男とヤッてきたんじゃないだろうな」

「……」

疑心暗鬼《ぎしんあんき》と、そう表現するのがぴったりな目をしていた。

不愉快そうな顔で自分を見ている棚澤の態度に腹が立って、それよりももっと悲しくなって、千野は泣きたい気分で俯《うつむ》く。

口を開けば情けない声が出そうで何も言えない千野に、棚澤が苛立《いらだ》った様子でさらに強く腕を摑んでくる。

「どうなんだよ。答えろよ」

「だから……仕事の打ち合わせだって……」

実際のところは違うのだから、ようやく絞《しぼ》り出《だ》した千野の言葉は後ろめたさに揺れる。本人に言えるはずがない。「おまえの愚痴を横倉にこぼしてきた」なんて。

「俺がここに来てから、おまえ外になんて滅多に出なかっただろ。前の打ち合わせの時は、外に出るのは面倒だとか言いながら、すぐに戻ってきたくせに」

仕事のためにに必要だとわかっていても、直接他人と顔を合わせる必要のある打ち合わせが千野にはいつも苦痛だった。たとえついでに食事や酒でもと誘われても、頑《かたく》なに相手の店や事務所や、そうでなければ喫茶店に入って短時間で切り上げてきた。

いつもなら自分のテリトリーが一番落ち着く。半日近く部屋を空《あ》けたのは、棚澤が来てから今日で初めてだ。

「ちょっと長引いただけだよ、たまには酒でもとか、向こうに言われて……」

「たまにはホテルにでもとか言われて、ついてったんじゃないのか？」

「……棚澤……」

なぜそこまで言われなくてはならないのか。

揶揄《やゆ》するように吐《は》き棄《す》てられて、千野はまた泣きたくなってくる。

よりによって棚澤にそんなふうに疑われたことに傷ついて、千野は最初に責められた時から呑み込もうとし続けていた言葉を、耐えきれず口にしてしまった。

「……俺、おまえの奥さんじゃないよ」

瞬間、棚澤が息を呑む。顔色が変わるのが、見なくても千野にはわかる気がした。

「……何だって？」

笑いながら問う歪《ゆが》んだ声を聞きたくなくて、千野は寝室を出ていこうとした。だが棚澤の手は相変わらずきつく千野の腕を摑んだままで、振り払うこともできない。

「心配しなくったたって、俺のことそんな目で見るような物好きはそういないって」

張り詰めた場の空気を壊したくて、必死に冗談めかした口調を作る。だが棚澤はそんな千野の必死さを嘲笑《あざわら》うように、短く息を吐き出しながら、摑んだ腕を引いて動き出した。

「痛……ッ」

「じゃあ物好きな俺につき合うおまえも、物好きだな」

突き飛ばされて、千野はベッドに倒れ込んだ。マットレスに足をぶつけて無様《ぶざま》に仰向《あおむ》けの格好《かっこう》でひっくり返ったところを、また腕を摑まれて引《ひ》き摺《ず》られるようにベッドの中央まで移動させられる。痛みに顔を顰《しか》めていると、上に棚澤がのし掛かってきた。

「物好きじゃなくて、好き者か？」

乱暴な扱《あつか》いが不安で見上げた千野を見返し、棚澤が笑ってそんなことを言う。

「俺がやれって言ったら、何のためらいもなく俺のもの咥《くわ》えたもんな。突っ込んでも、すぐに気持ちよさそうにアンアン言い始めるし」

「……」

可笑《おか》しげに顔を歪める棚澤を見ていたくなくて、千野は相手から目を背《そむ》けた。

(そんなの、相手が棚澤だからだ——とか、言われても困るだろ、おまえ)

顔を背けて、何も言わない千野に、棚澤は苛立ったように舌打ちした。

「何か言えって。——それとも俺のこと馬鹿にしてるのか、二年も自分の女房や上司に騙《だま》されてた間抜けな男だって。惨《みじ》めすぎてかける言葉もないとか」

「……違うだろ」

棚澤のものとも思えないような憎々しげな声も聞いていたくないのに、両腕を押さえつけられて、千野は耳を塞ぐこともできない。

堪《こら》えきれない涙が滲《にじ》む姿を見せないように目を閉じた。

「俺のこと馬鹿にして見下してるのは、棚澤の方だろ」

「……はぁ？　おまえ、何言って……」

何を言っているのかわからない、というふうに笑う棚澤に、千野は緩く首を振った。さっきまで会っていた横倉の言葉を思い出す。

『千野はわかってるんだろ。あいつが、どうしておまえのとこに行くことを選んだのか』

「知ってるよ、おまえ、一番惨めなのは自分じゃないって確かめるために俺のところに来たんだろ」

横倉を騙してまで、千野の居場所を聞き出した理由。

棚澤がこの部屋に来た最初の頃から、千野は何となくそれを察していた。

「男なんかとつき合った挙句揉めて刺されて、家族にも見捨てられて、まともな就職もできずに引《ひ》き籠《こ》もってるなんて、悲惨《ひさん》だろ。悲惨すぎて笑えるくらいだろ、そういう俺に較べれば、奥さんに浮気されて会社も辞めた自分でもまだマシだとか」

「……黙れ」

笑っていた顔が、ふと表情を失くす。低い、圧《お》し殺《ころ》した声で棚澤が言った。摑まれた腕が千《ち》切《ぎ》れそうに痛い。

(それでも俺は、そんな理由でも、棚澤が俺のことを思い出してくれて嬉しかった)

それも口にすれば重荷になるとわかっていたから、千野は何も言わずに棚澤のことを受け入れていた。居座られて困るとか、息が詰まるとか、そう感じる裏では、自分の好きな人が近くにいることが——その人が自分を抱いてくれることが嬉しかった。

嬉しいとか幸福だとか感じるほどに、棚澤の本心を思って、また辛くなった。

「自棄糞《やけくそ》になって自堕落《じだらく》になった自分の姿見せても、俺ならそれ笑うこともないって。だから安心して駄目なところ見せてたんだろ、他の、まともな奴の前なら、少しは格好つけないといけないし。でも初端《はな》っから見下してる俺が相手なら、取《と》り繕《つくろ》う必要もなくて」

「黙れって言ってるだろ!」

憤った声と共に、シャツに手をかけられ、ボタンを引きちぎるように脱がされた。

嚙みつくように唇を奪われ、性急にスラックスも脱がされながら、千野はどこかで安堵《あんど》する。感情を閉じ込めて一人で蹲《うずくま》られているより、自分を嬲《なぶ》り者《もの》にして気を晴らしてくれる方が、いくらか前向きだ。それに、本音を隠して甘い言葉を囁かれるよりも、千野にとっては気が楽だ。

そう思うのに、なぜか後から後から涙が出てくる自分が不思議だった。

(こうなること望んで、つけ込んでるのは俺自身なのに)

棚澤は自分も服を脱ぐと、千野を起き上がらせ、無理矢理自分の性器を口に咥えさせた。棚澤のものはもう昂《たか》ぶりかけていて、千野は息苦しさを堪《こら》えながら、されるまま喉《のど》の奥までそれを受け入れる。

「ん……、ぅ……っ」

千野が何をする必要もなく、棚澤は千野の頭を摑むと欲望の赴《おもむ》くままに自分で腰を動かし始めた。

「……ッ……」

辛さのあまり逃げたいのを堪えて、千野はきつく目を瞑《つむ》り、それでも棚澤に舌を絡《から》めようと必死になる。

「……淫売《いんばい》……」

荒い息の中で、千野の仕種《しぐさ》に気づいた棚澤が嗤《わら》いながら言う。言って、千野の口の中でさらに大きくなった。苦《にが》い液が千野の口中で拡《ひろ》がり、棚澤のペニスは喉の奥を突くごとに固くなる。

何度もそうしてから、棚澤が不意に千野の唇から猛《たけ》ったものを抜き出した。そのまま千野の肩を突き飛ばして再び仰向けにさせ、忙《せわ》しなく両脚を大きく開かせた。

「あ……ぁ……ッ!」

何の準備もしていない千野の窄《すぼ》まりに、容赦《ようしゃ》なく棚澤のものがねじ込まれる。堪えきれずに

悲鳴を上げながら、千野は手を伸ばして棚澤の背中に縋《すが》った。体中が軋《きし》み、手荒に犯される場所に棚澤との行為では感じたことのないような苦痛が滲む。

それでも千野は棚澤を押しのけもせず、ただ相手の背中を抱き締めた。

（こんなの、また淫乱とかって言われる――）

罵倒《ばとう》に怯《おび》えながらも、千野はどうしても棚澤と繋《つな》がっていることに苦痛以上の喜びを感じてしまう。

「んっ、く……、あ……あぁ……ッ」

殺せない悲鳴のようなものを上げる千野に、だが棚澤はそれ以上言葉を投げかけもせず、ただ荒っぽく体を打ちつけてくるだけだった。

千野を抱き締め返す棚澤の腕も、どこか縋るような仕種をしていた。

◇◇◇

嵐のように抱かれて――犯された、と言ってもいいような状況で全部が終わった後、ぐったりとベッドに身を預ける千野の体を、棚澤が後ろから抱き締めていた。
お互いまだ荒く息を乱したまま、ぴったりと背中に張りついた棚澤の胸から、千野はその鼓《こ》動《どう》を感じて目を閉じる。

「……ごめん」

間近で、絞り出すような棚澤の声が小さく聞こえた。

千野はちょっと笑って、自分を抱く棚澤の腕に両手で触れた。

「気持ちよかった」

「……」

明らかに無理をしているとわかる千野の言葉に、棚澤は何も応えない。ただ、体を抱き締めてくる腕に力が籠《こ》もったのが千野にも伝わった。

しばらく二人してじっと動かず黙り込み、ようやくお互いの呼吸が整った頃、棚澤の方からまた口を開く。

「これ……何でこんなことされたんだ？」

棚澤の指先が、いつかのように脇腹の傷痕辺りを探って、千野はこそばゆさに少し身を捩《よじ》る。

「おまえと小倉先輩、恋人同士だったんだろ」

「ただの別れ話のこじれだよ」

短く言って、千野は棚澤の手を摑んで傷痕から外させた。

(……おまえのこと忘れられなくてつき合いが続けられなかった……とか、本人に言えるわけないだろ)

小倉も自分と同じ嗜好《しこう》の持ち主だということは、練習や飲み会で顔を合わせるうちにお互い何となくわかった。

つき合わないかと言ってきたのは小倉の方だ。

棚澤につい告白して振られてからも、千野は彼に言われた通り、それまでと変わらない友人関係を続けていた。棚澤は意中の彼女とつき合い始め、だが恋人とばかり時間を割《さ》いて千野に寂しい思いをさせないように、さりげなく気遣ってくれているのがわかった。

そういう棚澤の距離感が嬉しいのに、そのせいでますます相手への想いを募《つの》らせ、いい加減そばにいるのが辛くなっていた千野は、小倉の申し出をしばらく迷った挙句に受けた。自分なんかを恋の相手として見てくれる人がいるという事実が、純粋に嬉しくもあったから、告白されて相手を好きになった。なったつもりだった。

隠そうとはしていたが、棚澤にも、小倉と先輩後輩以上のつき合いを始めたことは気づかれていたと思う。当然だ。棚澤や横倉程度としか親しくつき合ってこなかったのに、その誘いを断ってまで小倉といようとしていたのだから。

一年以上恋人同士としての関係を続けたが、先に限界を訴《うった》えたのは千野の方だった。

小倉も優しくていい人だったのに、好きだと、大事だと思ったのに、どうしても恋にはなれなかった。

優しくされればされるほど、棚澤に未練を残し続ける自分が後ろめたくて、悩む素振《そぶ》りを見せれば大丈夫かと心配して声をかけてくる棚澤のことを恨《うら》みに思い始める始末。

これ以上振り回すのが忍びなくて別れを切り出し、だが受け入れない相手と揉めていくうち、徐々《じょじょ》に小倉が病《や》んでいった。

(何で俺なんて、あそこまで好きになってくれたんだろう)

千野には未《いま》だにそれがよくわからない。小倉は部の中では実力がある割に大人しくて、物静かな先輩だった。別の種目だったが、故障を抱えてペースを落とした彼と、そもそも体力がなくて厳しいメニューがこなせない千野の練習が重なって、よく一緒に走り込みをしたり、筋トレをこなした。小倉は体育会系というには穏和だったからつき合い易《やす》く、元々千野もいい先輩として好感は持っていた。自分は滅多に試合で活躍する場面もなく、部内でも珍しい有力選手である小倉の役に立った方がいいだろうと、自分の練習や試合よりも相手のサポートに徹《てっ》した。

そのうちに、小倉から想いを告げられたのだが。

(……俺のこと好きになってくれる人なんて、一生でも小倉さんくらいだったかもしれないのに)

小倉のことを考えると今でも千野の胸が痛む。刺された傷なんて痛みのうちにも入らないくらいだ。自分と関わったせいで、小倉も将来をふいにしてしまったのだ。

(それでも、何で俺は棚澤のことしか好きになれないいんだろう)

「……千野?」

長い間黙り込んだ後、小さく溜息をついた千野に気づいて、棚澤がまたささやかな声で呼びかけてくる。

千野は、何でもないというふうに首を横に振って見せた。

「……」

棚澤はそれ以上千野に声をかけようとはせず、ただ後ろからその体を抱き締め続けている。

千野は棚澤に包まれるような感触を味わいながら、そのうちゆっくりと眠りの底に落ちていった。

◇◇◇

千野の帰宅の遅さを責めて、乱暴に扱った翌日から、棚澤はまたよく外に出かけるようになった。

だが帰ってきても酒や煙草の匂いもしない。気づけばスーツ一式を購入していて、それを着ていた。どうやらようやく職探しを始める気になったらしい。

「一応前のとこに五年は勤めてたからな、キャリアアップのためって適当に言って……中途だからなかなか決まりはしないだろうけど」

せっせと履歴書《りれきしょ》を書いたり、新しく契約した携帯電話であちこち伝手《つて》を頼って連絡している様子を見て、急激に本来の彼らしく前向きで積極的になった棚澤にほっとしながらも、千野はどこか落ち着かない気持ちになった。

(仕事が決まったら、ここを出ていくか――いや、出ていった方がいいんだろうけど。棚澤にとっても、俺にとっても)

だったらその日が早く来てくれた方が助かる気がする。

いつ棚澤が「世話になったな」と笑ってこの部屋を出ていくのか、それにうっすらと怯えながら過ごす千野の元に棚澤から電話がかかってきたのは、ちょうどまた打ち合わせのために仕事先に向かった帰り道だった。

『大学で同じ学部だった先輩に当たったら、丁度手が足りないからすぐにでも来て欲しいって』

棚澤は千野が家に戻るのを待ちきれなかったのか、わざわざ連絡して、明るい声で告げてきた。

「そうか……よかったな、おめでとう」

実際その知らせを聞いてみると、千野は自分でも意外なくらい、普通に嬉しさを感じた。喜んで弾《はず》む棚澤の声が以前の彼に戻ったようでやはり安心したし、それに「真っ先に千野に知らせたくて」と開口一番言われたことで、もう充分だと思った。

(じゃあ、お祝いとかするべきか?)

棚澤からの電話を切った後、ふと思いついて千野は途中の酒屋に足を踏み入れた。長いこと続いた深酒を反省してか、ここのところ棚澤がアルコールを口にしている様子はなかったが、今日くらいはいいだろう。

ちょっと奮発《ふんぱつ》して、どちらがいいのかわからないからそれなりに値の張る日本酒とワインをそれぞれ一本ずつ抱えて自分の家に戻った千野を待っていたのは、なぜか玄関に並ぶ複数の靴だった。

「おかえり、千野」

玄関のドアが開く音に気づいて、棚澤がリビングから千野を迎えに出る。

「よう千野！　久し振りだな！」

そしてその背後《はいご》から顔を出すのは、大学時代に一緒にグラウンドで練習をした、同じ陸上部の部員たちだった。

「……何で……」

呆然と、千野は棚澤を見上げる。

「俺が離婚しただの会社辞めただの、もう皆知ってるしさ。心配してくれただろうからあちこち連絡したら、祝ってくれるっていうから。だから呼んだんだ」

屈託《くったく》ない笑顔で言う棚澤に、千野は返す言葉もなかった。

（だから呼んだ……って……）

立《た》ち竦《すく》んだまま動けない千野を見下ろし、棚澤がその手に抱えられた酒瓶《さかびん》二本に気づいて首を傾《かし》げる。

「あれ、それもしかして酒?」

「……うん」

「俺の再就職祝いか?」

「……うん」

「そっか、ありがとな」

笑って千野の手から酒を取り上げ、棚澤がその背中を押してくる。よろめくように、押されるまま千野はリビングへと足を踏み入れた。

部屋にいるのは、五人ほどの元仲間たち。皆棚澤の仕事が決まったこと、それに久々に会う千野の姿に、嬉しそうな顔をしている。

「元気そうだな、千野」

「おまえら一緒に暮らしてるとかって、びっくりしたぞ。おまえもそうだけど、棚澤もしばらく音信不通になってたのにさ」

テーブルには、皆が持ち寄ったのか棚澤が支度したのか、たくさんの料理が並んでいる。

それを彼らや棚澤たちと囲《かこ》んでいる間の記憶が、千野にはほとんどない。

気がつけば皿はすっかり空《から》になり、千野が買ってきた以外の酒やビールの缶があちこちに散らばって、五人も去っていった後だった。

「あいつら、散らかすだけ散らかしていきやがって」

千野がぼんやりとソファに座る目の前で、棚澤が床に転がったビール缶を拾っている。

時計を見上げてみれば、彼らが部屋にいたのはほんの二時間程度。その二時間が、千野には永遠に続く悪い夢のように感じられていた。

「……何で連れてきたんだよ」

鼻歌まで歌いかねない上機嫌さで片付けをしていた棚澤が、手を休めずに千野の方へ視線を向けてくる。

「懐《なつ》かしかっただろ。皆俺のこと、おまえのことも、心配してたんだ」

「俺は」

明るい棚澤の声に苛立って、千野は一度唇を噛《か》み締《し》めてから、再び口を開いた。

「……俺は、会いたくなかった」

何のために、五年も皆と連絡を取らずにいたのか。

それを考えもせず棚澤が仲間をこの部屋に連れ込んだということが、千野には信じられない。

「知ってるくせに……どうして俺があいつらと会わずにいたのか、わかってるんだろ!?」

「横倉とは会ってるのに？」

平然とした顔をしている相手を責めたくて声を荒げる千野に、棚澤は変わらない調子でそう問い返してくる。

「え……」

なぜそこで横倉の名前が出てくるのかと、千野は微かに眉根《まゆね》を寄せた。

「横倉にも電話したら、あいつに怒られたぞ。まだ千野のところにいるのか、おまえの都合ももう少しは考えろって」

そういえば、さっきの五人の中に横倉の姿はなかった。棚澤、横倉と自分を加えて、あの五人が学生時代一番仲のいい集まりだったのに。

見上げると、ようやく片付けの手を止めた棚澤が、口許を歪める表情で笑っている。

「なあ、おまえ、あいつとデキてたのか？」

「……」

「えらい心配のしようだったぞ。あんなふうに横倉から叱られたのも初めてだ。ただの友人関係っていうにしちゃあんまりにも」

「……そうだよ」

否定する理由もない。聞かれれば横倉も隠しはしないだろう。千野は棚澤の言葉を遮《さえぎ》るようにして頷いた。

「昔つき合ってたことがある。って言っても、本当に短い間だけど」

「なるほどね」

棚澤の声は笑っている。まるでこの間、千野を責め立てた時と同じような調子で。

「優しかっただろ、あいつ。俺と違って余裕あるし、今は会社でも順調にやってるらしいし、嫁さんとも上手《うま》いことといって」

「……でも俺は棚澤の方が好きだ」

呟いた千野の視線の先で、棚澤の目許がカッとしたように赤くなる。

「何だよそれは、同情でもしてるのか!?」

「棚澤は俺にそう答えて欲しくてそんなこと訊くんだろ」

張り上げられた声に萎縮《いしゅく》することもなく返した千野に、棚澤が小さく息を呑む仕種をする。

千野はそんな棚澤から目を逸《そ》らし、俯いて小さく溜息をついた。

「……棚澤、もうここ出てけよ」

「……」

「俺といたって、おまえが駄目になるだけだよ」

棚澤が出ていく日を怖がりながら、千野は自分からその時を手許に引き寄せるようなことを口にした。

もう限界だと、そう思う。

(俺じゃなくて……棚澤が)

「おまえはそんな奴じゃなかっただろ。優しくて、強くて、格好よかった。ずっと」

「……俺は……」

答えあぐねて言い淀《よど》む様子の棚澤をもう一度見上げて、千野は小さく微笑《ほほえ》んだ。

「今はちょっと弱ってるだけなんだよ。俺のこと……他人のこと見下さなくたって、棚澤はちゃんと格好いいよ。俺にとっては世界一だよ。……誰よりも好きだよ。今でも」

「……千野」

手を伸ばそうとする棚澤の動きを見取って、千野は首を横に振る。

「俺はもう、そんなおまえ見たくない」

「……」

棚澤の手が千野に触れる前で止まり、惑うように指先が動いた後、拳《こぶし》の形に握られた。

その手が再び自分から離れるのを見て、千野はゆっくり目を閉じた。

「……少し、頭冷やす。……ごめん」

そう言い置いて、棚澤がリビングを出ていった。それから、廊下を歩く音。玄関のドアを開く音。閉じる音。

それを全部聞き終えて、千野は大きく息を吐き出す。

「……終わった……か」

確かめるように呟くと、千野の体中から力が抜けた。これで終わりだ。千野自身が終わらせた。

(好きだ、なんて聞かされて……別の重荷作ってどうするんだ、あいつに)

それでもこれ以上棚澤につけ入って縋るような真似《まね》はしなかった自分を、褒《ほ》めてやりたい。

棚澤は恐らく本人が思っている以上に弱っている。だから千野が望めばいつまでもこの部屋にいられるように、簡単にその気持ちを動かすことができただろう。

でもそれをすれば、あとはもう破滅《はめつ》に向かって一直線だと、千野にだってわかる。今でももう充分だ。誰かを傷つけることで自分を保とうとする棚澤なんて、たとえこっちが許容《きょよう》したところで、そのうち棚澤自身が許せなくなって、それで終わる。千野が責めない分、自分で自分を責め抜いて辛い思いを味わう。棚澤がそういう人間だと千野は知っている。

泥沼に陥《おちい》る前に幕引きができただけ上等だ。

「うん、偉い……」

自分を褒めてやりたかったのに、でも千野は笑おうとしても、笑えなかった。その力が出てこない。

(また何もなくなった)

ひとつ仕事が終わった時にいつも味わう、満足感とはほど遠い虚無感《きょむかん》。

いつもとは較べものにならないくらいの手酷《てひど》さで、その感覚が千野の全身を支配する。

(自分で得られるものも与えられるものもなくて、じゃあ俺は何のために生きてるんだ?)

足許が底のない沼地に変わったように落ちていく感触を味わってから、千野は危ういところで我に返った。知らずに湧《わ》き出《で》てきた冷や汗を拭《ぬぐ》いながら、苦笑いを浮かべる。そんな表情でもまだ笑える。

（覚悟しといてよかった）

この部屋から棚澤がいなくなれば、自分がどんな状態になるのかは予測していた。そのおかげで、気持ちよく空虚さに浸《ひた》ることもできず、自分を取り戻すことができた。

「コーヒーでも飲むか」

自分を叱咤《しった》するようにわざわざ声に出して言ってから、億劫《おっくう》さを振り切ってソファから立ち上がる。どうせ死にたいなんて思うのは、魔が差したように一瞬のことだ。少しすればすぐに忘れる。つくづくろくでもない感覚が癖になってるもんだと自分を嗤《わら》いながら、千野はキッチンへと向かった。慣れた動きでコーヒーメーカーをセットする。千野一人でいた時は使い捨てのドリップ式で淹《い》れていたが、パチンコの景品だとか言ってこの家に来て間もない頃に棚澤がそれを持ち込んだ。

「……」

機械がやかましく音を立て、水を湯に替えて豆を浸《ひた》し、コーヒーがサーバに落ちてくる様子をぼんやりと眺める。手癖でつい二人分水を注《そそ》いでしまった。冷めるわけじゃないからまあいいか、と思いながら何となく視線を滑《すべ》らせると、シンクの脇《わき》にある水切り場に置かれた包丁がふと目に入る。

「……」

これも棚澤が持ち込んだものだ。鍋も新しいフライパンも。気づけば塩と醤油《しょうゆ》以外になかった調味料も、千野が名前も知らないようなものまで小瓶が綺麗に並べられている。

（もういらないのにな）

自分一人だったら何ひとつ必要ない。なのになぜこんなものがまだここにあるのかと、千野は不思議な気持ちになる。

棚澤が使うのなら、出ていく時に持っていってくれればよかったのに。

（ああでも、一番いらないのは）

気づくと包丁を手にしていた。片手で柄《え》を握って持ち上げる。まずいな、と頭の片隅では思っているが、どこかその気持ちには真実味がない。

何となく手を動かした時、その途中で急に腕を摑まれる感触がして、千野はひどく驚いた。

「あれ？」

誰かが後ろから腕を摑んでいる。振り向くと、愕然《がくぜん》とした表情の棚澤の顔があった。

「おまえ……何やってんだよ⁉」

「痛《い》て、てっ」

棚澤は千野の片手を締め上げ、もうすぐ首筋につきそうだった刃の部分を慎重に引き離してから、包丁をシンクに投げ込んだ。

「何だ棚澤……忘れ物か？」

出ていったはずの棚澤がここにいることが腑《ふ》に落ちなくて、千野は訊ねる。棚澤が何か信じられないものを見る表情で、千野をキッチンから引《ひ》き摺《ず》り出すようにリビングまで移動させた。

「だからおまえ、何やってるんだよ……！」

腕を締めつける棚澤の指が痛くて、千野は少し顔を顰《しか》める。

「いや、冗談だって。悪ふざけっていうか……本気じゃないから」

「……冗談、って、おまえ……」

棚澤はまだ戸惑った様子で千野のことを見ている。

「でも俺が止めなきゃ、あのまま」

「そんなことより、棚澤こそどうしたんだよ。ああ、もしかして調味料とか取りに」

「調味料……？」

わけがわからない、という様子で首を振ってから、棚澤がきつく眉根を寄せる仕種をした。

「さっきはただ、頭冷やした方がいいと思ったから、少し外の空気を吸いに行っただけだ」

「え？」

「俺はここを出てく気はない」

まだ千野が何かしでかそうとしていると思っているのか、棚澤の両手は千野の腕を摑んだままだ。

千野は少し困ってしまった。

「棚澤がもしも俺のこと心配してるなら、大丈夫だからな？　本当に本気じゃないし、ちょっと魔が差しただけで、こんなのいつものことだし」

「……いつもって」

「いつも何ともないんだよ。まあ万が一何かあったって、その場合は横倉が割と定期的に連絡くれるから、後のことはどうにかしてくれるし。て言っても、横倉本人くらいにしか連絡が必要な相手もいないんだけどさ、親も誰も俺がどこでどうなったって、教えられるだけ迷惑だろうから」

「ちょっと待て……」

「うん、ちょっと……待ってくれ、何か変なこと言ってるな、俺」

どこかでズレた気がする。千野はきつく目を瞑って、ゆっくり息を継《つ》いだ。棚澤に余計な心配をかけまいとしているのに、むしろ不安を煽《あお》るようなことを言ってしまった気がする。取り乱しているわけではないから、落ち着けと自分に言い聞かせてもあまり効果がない。

(これだから、人と一緒にいるのは、困るんだ)

放っておいてもらえればすぐに普通に戻るのに、そばに誰かいれば余計失調《しっちょう》してしまう。

「……千野？」

探るように呼びかけられ、千野はもう一度目を開けて、棚澤に向かい苦笑して見せた。

「もう大丈夫」

「……」

「たまにこんなふうになるけど、でも本当に大丈夫だ。昔っからだから慣れてるんだよ、だから大丈夫」

大丈夫と、繰り返す千野のことを、棚澤は疑わしそうな目で見ている。

「俺のことが心配でも、平気だから棚澤は出ていけ。変なところ見せて悪かった」

「そんなに追い出したいか？」

そこはかとない邪険《じゃけん》さを千野の声音に読み取って、棚澤が険《けわ》しい顔で訊ねてくる。

「俺のこと迷惑か？」

そんなふうに訊かれれば、千野は答えに窮《きゅう》してしまう。迷惑だし追い出したい。さっきみたいな棚澤を見るのは本当に嫌だし、こんな自分を見られるのも嫌だ。

だが口に出して棚澤の存在を否定することがどうしても千野にはできず、ただ首を横に振る。

「そういうんじゃなくて……でも俺たちが一緒にいて、いいことなんてない気がするから」

「俺は一緒にいたい」

口ごもりながら答える千野の言葉を遮るように、棚澤がきっぱりした声で言った。

「さっき落ち着くために外に出て、でもこのまま千野と離れて——ここから出ていくことはできないって思ったんだ。勝手は承知だよ、でも俺は、千野と一緒にいたいから戻ってきた。元々出てくつもりなんてなかったし」

（……そんなの、棚澤こそ俺に対する同情と……慰められたのが気持ちよくて忘れられないだ

けだ）

千野の中で答えは出ているのに、それを口にすることもやはりできない。

どこかでまた美人で賢い『女の人』と知り合えば、棚澤はどうせそっちに行かなければならないのに。

泣きそうに歪む顔を見られたくなくて、千野は顔を伏せる。それでも棚澤の視線を感じた。

「だから、千野と一緒にいたい。……いいだろ？」

腕を摑まれたまま間近で訊ねられ、千野は長い時間を置いた後、根気《こんき》よく返事を待ち続ける棚澤に向けて小さく頷いた。

（——でも、だから、棚澤が別の人をちゃんと好きになれるまでは）

「うん……」

ようやくきつく縛《いまし》めていた手が腕から離れ、代わりに、背中を抱き締められる。

棚澤に抱き締められても、その背を抱き返しても、千野は心地よさを感じられず、ただ先刻と同じようなどうしようもない虚《むな》しさだけを味わった。

4

棚澤《たなざわ》は千野《せんの》の家から新しい会社に通い始め、朝から夜まで棚澤が部屋からいなくなることで、千野は少し安定を取り戻した。

仕事は順調らしく、棚澤は日増しに千野の知っている昔の彼らしさに返っていっているふうに見える。忙しい仕事場だというのが幸《さいわ》いしているようだった。何かを考え込む時間もなく動き回っているのだろう。

千野もなるべく何かを考えてしまわないように、棚澤との共同生活を続けた。

棚澤は仕事で疲れているだろうに、相変わらず食事の支度を全部請《う》け負《お》い、休みの日には掃除や洗濯まで率先《そっせん》して片付けてくれた。

普段は千野が食事以外の家事を行っているが、どこに隠しているのか棚澤が使う時を除いては包丁の行方《ゆくえ》がわからなくなっているのが、何となく可笑《おか》しい。

(本当にもう、あんなことするつもりはないのになあ)

気づけば棚澤が部屋に居座り始めてから二ヵ月近くが過ぎて、居候《いそうろう》というより同居人と呼ぶ方が相応《ふさわ》しいような状況になってきた。家の中に棚澤のものが増えていって、それが段々当たり前になってきている。

少し前と違うのは、最初の頃のように、千野は自分の寝室で寝て、棚澤はソファで寝起きするようになったことだ。

棚澤は千野に触れなくなったし、千野は自分から進んでそうするつもりは元々ない。

(横倉《よこくら》の時と同じだな)

あの時もそうだった。ほんの短い間体を重ねて、それで終わった。ただの友達に戻った。戻れた。

それはとても幸運なことなのだと、千野は自分に言い聞かせる。

棚澤とも、あんなことがあって、あんな言い争いもして、それでも現状普通に顔を合わせられるのはいいことだ。

何事もなかったかのように、ただしばらく会っていなかった友人と成り行き上共同生活をするようになっただけ。そういうふうに過ごせればそれでいい。

棚澤もそのつもりなのだ。だからあれ以来、彼は千野に一指《いっし》たりとも触れてこない。

「じゃあ俺、先に寝るな」

風呂上がりの棚澤が、千野の寝室を覗《のぞ》いてそう告げた。今日は水曜、明日も棚澤は朝から仕事だ。もう夜の一時を回っているが、千野は明日の夕方までに必要な作業を終えておらず、まだパソコンと向かい合っている。棚澤の寝床であるソファの近くで遅くまでパソコンを弄《いじ》るのでは申し訳ないので、千野はパソコンデスクを寝室に運び込み、棚澤がいる間はそこで仕事をした。

「ああ、おやすみ」

「ほどほどにして切り上げろよ」

最近の口癖《くちぐせ》のように言うと、棚澤が寝室から去っていく。棚澤が再就職してから、千野は今まで緩《ゆる》やかだった仕事のスケジュールをもう少し詰めた。慣れない営業をして、新しい仕事を取ってきて、なるべく忙しくなるように仕向けた。

何となく、そうした方がいいような気がして。

（あんまり余計なことを考えたくない）

忙しい者同士、家事を助け合い、暮らしていく。それは自分には過ぎた倖《しあわ》せだと千野は思う。横倉一人だって充分ありがたかったのに、一生の友達がまた一人増えたのだ。

──そう言い聞かせても、油断すれば風呂上がりで濡れ髪のまま寝室にやってきた棚澤の姿がどうしても脳裡《のうり》にこびりついて離れない。あいつは残酷《ざんこく》な奴だと、自然と溜息が零《こぼ》れた。

割り切った方がいいとわかっていても、そうそう割り切れるもんじゃない。この寝室にいれば、ベッドの上で自分たちが何をしていたか、千野は嫌でも思い出してしまう。

（俺は、他にせめてセフレとか作った方がいいのかも）

そんなことを考えてみるが、どうも現実味が薄い。大体どうやったらそういう相手が捕まえられるのか、千野には見当もつかなかった。

◇◇◇

「じゃあ新しい商品のコンセプトを元に、後日いくつかページのサンプルを作成してメールでお送りしてから、改めてご連絡させていただきます」

「はい、よろしくお願いします」

平日の夕方、千野は顧客《こきゃく》との打ち合わせを喫茶店で終えて、相手と一緒に店を出た。

「千野さん、よかったらこの後食事でもいかがですか」

お互い店と自宅に戻るため別れようとするところに、相手から声をかけられる。

革小物を製作販売する会社の社長、社長と言っても千野とそう歳の変わらない、美大出だというのがどこか納得できるような風貌《ふうぼう》の青年だ。我が道を往《ゆ》く風情《ふぜい》の容姿《ようし》と性格に見えるのに、なぜか自分と正反対の千野をやたら気に入っていて、たまにこうして食事や酒の場に誘ってくる。

「店舗の方はバイトに任せてるし、急ぎの作業もないんで」

「あー……、じゃあ、いいですよ」

少し考えた後、千野は頷いた。自分で誘っておきながら、相手の方が驚いた顔をしていた。

「うわ、珍しいな、千野さんが乗ってくれるなんて」

相手の口調は嬉しそうだった。今まで誘われるたびに断っていて、承諾《しょうだく》するのは珍しいというよりも初めてのことだ。

(多少つき合いを拡《ひろ》げないと……棚澤以外にも)

相手が自分と同じ嗜好《しこう》の持ち主だということは、最初に会って少し話をしただけで、千野にも何となくわかっていた。向こうも同じだろう。だから誘ってくる。自分なんかのどこがと思ったし、もしかしたら勘違いかもしれないと、今までは気にしないようにしてきたが。

(でも取引相手っていうのはなあ)

素人《しろうと》に毛が生《は》えたような仕事ぶりでも、一応は倫理的なものが気に懸《か》かる。それにそもそもどうすれば『そういう関係』になれるかも千野にはやっぱりよくわからず、結局客の奢《おご》りで普段の自分なら絶対に行かないような小洒落《こじゃれ》たレストランで食事をとって、世間話に近い会話を交わして、そのまま家に帰ってきてしまった。顔を合わせている間にも相手からの好意はそれなりに感じたが、それで今日早速《さっそく》どうこうというつもりはないらしく、「仕事抜きの日にも飲みましょう」と笑って言われて終わった。

(……疲れた……)

何があったというわけでもないのに、たかが一、二時間他人と向かい合って食事をしただけで、千野はすっかりくたびれ果ててしまった。妙なことを考えて、多少緊張していたせいもあるのかもしれない。

「おかえり。何だ、随分《ずいぶん》疲れた顔してるな」

先に会社から戻っていた棚澤が、帰宅した千野を見て首を傾《かし》げた。いつもなら千野は家にいて、棚澤の方が遅い時間に会社から戻ってくるのに、今日は逆だ。

「風呂沸《わ》かしておいたから、入ってきたらどうだ？ 飯は喰ってきたんだろ」

ダイニングテーブルに仕事のものらしき書類を広げながら棚澤が言って、千野はそうすると頷き風呂場に向かった。

この間のように、遅い帰宅を棚澤が咎《とが》めることはなかった。

(そりゃそうだ)

棚澤とは、もうそんな関係じゃない。あの時だって、相手から責められるのは理不尽《りふじん》だとしか思えなかった。

「……あー、もう……」

服を脱いで風呂場に入って、頭からぬるいシャワーを浴びる。そうしながら、知らずに呻《うめ》き声《ごえ》が出た。

「何なんだ、今まで、別に平気だったのに……」

横倉ともそういう意味では別れて、一人になってから数年、そもそも小倉《おぐら》とつき合うようになる前にも、千野は特別体の不満を持て余すようなことはなかった。元からそっちの方面に関心が薄かったのだ。高校生でやっと初恋を迎えた時も、相手の姿を見ていればそれで満足という今時の少女漫画でもないような純粋《じゅんすい》ぶりで、手を繋《つな》ぐことすら恐れ多くて想像もできなかったほど。

だが大学で棚澤に出会ってからは、相手に触れたいだの触れられたいだの、欲求が後から後から湧《わ》いてきて困っていた。

そして、今も。

(しかももう、どんな感じなのかっていうのは知ってるし……)

棚澤と最後に体を繋げたのが十日以上前、その間千野は自分の手ですら自分を慰《なぐさ》めることができないままでいた。しようとすれば、頭に浮かぶのはどうしても棚澤の姿――自分に棚澤が触れる時の感触や、中を掻《か》き回《まわ》す時の――

(駄目《だめ》だって)

もう自分に触れもしない相手を、扉数枚隔《へだ》てたところにいる男を想像しながら自分を慰めるなんて、惨《みじ》めだし後ろめたい。

なのについ棚澤の肌の熱さや、息づかいが生々しく思い出されてきて、千野は自分を止められなくなってしまった。

「……ん」

シャワーを浴びながら、そっと自分のものに指で触れる。

「は……」

立ったまま、息を殺し、記憶だけで昂《たか》ぶりかけている茎を握って、手を動かし始めた。空《あ》いている手で、無意識に胸の突起《とっき》を摘《つま》む。

相手の名前を呼ぶことだけは、意図的《いとてき》に堪《こら》えた。

とにかく少しでも早くこの状態を何とかしようと、熱心に両方の手を動かし続ける。

「ん……、ん」

「千野、そういえばさっきシャンプー空《から》になってたから詰め替えようと思ってたんだけど」

「っ、え？」

行為に没頭《ぼっとう》しているさなか、唐突に風呂の磨《す》りガラスをノックされて、千野は思わず上擦《うわず》った声を上げてしまった。

「シャンプー。千野が入る前に足しとこうとしたのに忘れてて。ちょっと開けるぞ、入れ物貸して」

「や、い、いい、自分でやるから」

動揺して、千野は棚に並んだシャンプーのボトルに手を伸ばすつもりが、吸盤《きゅうばん》で貼りつけていた金属の棚を弾みで叩き落としてしまった。

「おい、どうした、大丈夫か」

「ちょっ、待って」

シャンプーのボトル、それに金属がタイル貼りの床にぶつかる派手《はで》な音に、棚澤が驚いたような声を上げながら風呂場のドアを開ける。

千野が制止しても遅かった。慌てて相手に背を向けたら、その壁に貼ってあった大きな鏡にみっともない状態の自分の体が映ってしまう。

「……ッ」

だがそこでもどうにか誤魔化《ごまか》せたかもしれないのに、反射的にしゃがみ込んでしまったので駄目押《だめお》しだった。

「は……早く閉めてくれよ、いいから……」

半泣きの声で千野は訴《うった》えた。棚澤はドアのところで立ったまま、明らかに千野の体を見ている。昂ぶった部分を隠そうとして必死に身を縮《ちぢ》める様子を。

「――千野」

呼びかけられても、振り向くことができるわけがない。

頑《かたく》なに体を丸めていると、シャワーの湯が高いところから落ち続ける風呂場の中に、服を着たままの棚澤が入ってくる気配がして驚く。つい顔を上げたところに、剝き出《むだ》しの肩を摑《つか》まれ、床に膝《ひざ》をついた棚澤に接吻《くちづ》けられた。

「……!?」

どうして、と思いながら反射的に体を引こうとするのに、両肩を押さえ込まれて、そのまま深く舌で口中《こうちゅう》を犯《おか》される。

「た……たな、ざわ」

混乱して、千野はシャワーの湯で濡れた服を摑んで相手をどうにか押《お》し遣《や》った。

「な、何で、こんな。あの、気を遣《つか》わなくてもいいから」

「気を遣うっていうか……」

見ないで欲しくて顔を伏せるのに、体中に棚澤の視線を感じる。逃げ出したいのにへたり込んだまま動くことのできない千野の顔を強引に上向《うわむ》かせて、棚澤がもう一度唇を重ねてくる。

「や、本当にいいって、こういうの……」

弱り切って、千野はまた相手の接吻けから逃《のが》れた。

「……ごめん」

謝られたことに、千野はぐっと胸が詰《つ》まるような心地《ここち》を味わう。

「いいよ、こないだみたいな俺のこと見たら、気味悪くて嫌になるのも当然だし……」

棚澤が千野に触れなくなったのは、部屋の中で包丁の行方を見失った辺りだ。それまで自分が触れていたのがどういう人間なのか知って、きっと棚澤はその気が起きなくなったのだろう。

そう思ったから、精一杯笑って千野は首を振って見せたのに、棚澤には怪訝《けげん》な顔をされてしまった。

「気味悪いって？」

「だから……」

「……俺は、こないだ乱暴にして……千野が辛《つら》そうだったから、自分が落ち着くまでは無茶しないように自制しようと思ってたんだけど」

「……え」

「元々、俺が無理矢理させたようなものだろ。ようなっていうか、実際無理矢理だったし。反省してたんだ」

「……」

自分の思い違いに気づいて、千野は少し呆然とした。棚澤は自分に呆れて、それで距離を置こうとしているのだと思っていた。

「無理矢理って、そんな……俺だって、嫌だったら抵抗くらいする……けど」

驚いたせいで、考えなしに本音を口にしてしまってから、慌てる。これではまるでして欲しいとねだっているようだと、狼狽《ろうばい》して自分の口許《くちもと》を掌《てのひら》で押さえた。

「と……とにかく、今は、出てってくれないか」

理由は何にせよ、ただの友人関係でいた方がいいことは目に見えている。

せっかくしばらく波風の立たない暮らしをしていたのに、わざわざそれを壊すことはない。

千野はそう思って棚澤を追い出そうとしたが、棚澤はその場から動こうとしなかった。

「でもそれ……辛いだろ」

話している間も一向《いっこう》に萎《な》えることのない——遠ざけなければと思っていた存在を近くに感じたせいで、より張り詰めている場所を見下ろし、どこか熱に浮かされたような声で棚澤が言う。視線を感じて、千野は泣きたい気分で耳まで赤くなった。

「いい、自分でどうにかするし」

それも恥ずかしい言《い》い種《ぐさ》だったが、このまま棚澤に見られ続けるよりはマシだ。

その視線から逃れようと背を向けると、露《あら》わになった首筋に唇をつけられて、千野は隠しようなく震えてしまう。

「……っていうか、俺が無理だ、悪い」

棚澤の声には、濡れて甘ったるい響きが宿っている。その声に千野はまたぞくぞくと身を震わせた。棚澤も欲情しているのがわかった。浅ましい自分の姿を見て、嫌悪を浮かべることもなく、同じように体と気持ちを昂ぶらせている。

「……優しくするから」

「……」

囁かれた言葉に、千野は反駁《はんばく》できなかった。本当は心の底で待ち望んでいたことだ。

「……棚澤の服、濡れたままだろ……風呂出たら行くから、寝室」

消え入りそうな声で言った千野から、棚澤は手を離さなかった。

「そこまで待てない」

その言葉すら最後まで言う間を惜《お》しむように接吻けてきた棚澤に、千野はもう抗《あらが》うこともなく、大人しく目を閉じた。

◇◇◇

以前よりも穏やかなペースだったが、千野は再び棚澤とベッドを共にするようになった。

手酷《てひど》くしたことを反省した、という言葉は本音らしく、千野に触れる棚澤は終始丁寧《しゅうしていねい》で優しくて、千野にはむしろ辛《つら》いほどだった。

棚澤が優しければ優しいほど、不安になる。

相変わらず長くて悪い夢が続いているような感覚だった。見ている時は幸福でも、目が覚めればすべてが終わるとどこかでわかっているような明晰夢《めいせきむ》。

覚悟は持ち続けなければいけないと、以前と同じように千野は自分に言い聞かせていた。

(こんなの絶対に長く続かない)

これ以上棚澤の存在に溺《おぼ》れる前に、終わって欲しいと必死に願う。

その願いと裏腹に、泥沼《どろぬま》に浸《つ》かるように心も体も棚澤に溺れていくのが怖《おそ》ろしくて仕方がない。

怯《おび》えながら暮らす千野のところに、平日の昼間、先日部屋まで来た大学時代の友人から電話があった。棚澤とまた寝るようになって、半月ほどが過ぎた頃。

『あのさ、凄《すご》く訊《き》き辛《づら》いし、千野にも棚澤にも失礼な質問かもしれないけど……』

電話番号を交換したことすらよく覚えていなかったので、酷《ひど》く驚いて戸惑いながら当《あ》たり障《さわ》りない世間話に相槌《あいづち》を打っていた千野に、電話の向こうの友人が言葉通り歯切れの悪い口調になって、そう言った。

相手のその言い回しで、千野はざわつく気配を背中に覚えた。多分あまりよくない話題だということを、肌で感じる。

『千野と棚澤が二人で暮らしてるって、その、もしかしてそういうつき合い――ってことだったりするるか？』

「……」

そういうつき合い、というのがどういうつき合いを指しているかなんて、千野は嫌でもすぐ把握《はあく》する。友人たちは、千野が小倉とどんなつき合いをしていたのか知っているのだ。

「違うよ」

迷う時間を取らず、千野はすぐにきっぱりした口調でそう答えていた。可笑《おか》しそうに笑い声を立てることもできた。

「そりゃ、疑われても当然だろうなとは思うけど」

『わ、悪い、変な意味ではないんだけど』

電話の向こうの友人は、心から申し訳なさそうな声で言っている。

『そうだよな、おまえら仲いい友達だったもんな。本当ごめん、俺だって女の子好きだけど、一緒にいるからって誰彼なく邪推《じゃすい》されても困るし、千野だって一緒だよな、そういうの』

かつての仲間は本当に優しい。千野が傷つかないように気遣って、必死に言葉を重ねている。

(だから会いたくなかったんだ。皆《みんな》と)

それに疲れてしまう自分の方に問題があるのだと、千野は理解している。

「そう、棚澤はただの同居人だよ」

『よかった、棚澤も俺たちのことおまえの家に呼んだ時、普通の態度だったし、全然そういう空気なかったから、訊くだけ迷惑だろうとは思ったんだけど、念のために確認しておかないと思って、先に』

「先に?」

友人の言い回しにいちいち言い知れない疲労を感じながらも、それを相手に悟《さと》られないよう、千野はできる限り何でもない口調を作って問い返した。

『実はさ、あいつの別れた元奥さんが、棚澤と連絡取りたがってるんだよ。多分、縒《よ》り戻したがってるんだと思うんだ』

「――」

何でもないふりをしなければいけない。

そう思っていたのに、続いた相手の言葉に、千野は声を失った。

『おまえも聞いてると思うけど、ほら、棚澤の上司と浮気してたのが原因でっていう……でもやっと、相手の男とは切れたって。棚澤と別れてから、自分がどれだけ大事にされてたのか気づいて、謝りたいって言ってるんだよな』

友人の声は苦々《にがにが》しくもあり、嬉しそうでもあった。彼も棚澤のことを心配しているのだろうと、千野にもわかる。

『でもあいつ、奥さんのことで随分《ずいぶん》荒《あ》れてただろ。迂闊《うかつ》に話切り出して、拗《こじ》れたら申し訳ないから、もしできたら千野の方から何となく上手《うま》いこと言ってみて欲しいんだ』

なるほどそれで、千野と棚澤の関係について、念のため確認を取ろうとしたらしい。

(……そういうのがあるようには見えなかったから、俺に連絡取ってきたんだろうな)

女性と結婚していた男が、よりによって自分みたいな冴《さ》えない男と間違っても恋人同士である可能性を信じる理由がないから、友人は棚澤ではなく千野の方にまず電話をかけることを選んだのだ。

『俺の彼女が、棚澤の元嫁さんの友達なんだ。だから俺から言うと、何て言うかあっち寄りみたいで、棚澤は素直に耳貸してくれないかもしれないし……』

棚澤の元妻のことを、勝手だと詰《なじ》る気は心の中でも起きなかった。棚澤の優しさや真摯《しんし》さに、棚澤が愛している人が気づいたのなら、それはとてもいいことだ。

棚澤にとっても、棚澤に愛されている人にとっても。

「——わかった。伝えてみる」

千野の了承に、電話の向こうで大きな安堵が拡がるのがわかった。友人は棚澤の元妻という人の連絡先を告げて、何度も千野に感謝しながら電話を切った。

そして夜になり、帰宅した棚澤に、千野は友人からの伝言を伝えた。

「これ、奥さんの実家の番号。棚澤は連絡先消してるかもしれないから、渡してくれって」

「……」

背広姿から着替えもしないまま話を切り出された棚澤は、千野が差し出したメモ用紙を黙って受け取った。

電話番号のメモが棚澤の手に渡った瞬間、千野は何も食べられず空《から》っぽなはずの胃の中のものを、吐き出しそうになった。

それを堪え、嘔吐《おうと》する代わりに棚澤に笑って見せる。

「電話してやれよ、ずっと待ってるってさ」

「……わかった。ちょっと、寝室借りる」

棚澤が頷いて、リビングを出ていった。

千野は何も考えられないまま、気づけばソファに座り込んでいた。足にまるで力が入らない。

「……いいんだ、これでいいんだ」

頭に浮かんだ言葉を呟いてみるが、他人の声のようだったし他人の思いのようだった。

随分長かったのか、それともそんなにはかかっていないのか、千野にはわからない時間が流れた後、携帯電話を手にした棚澤がリビングに戻ってくる。

「すぐに迎えに行くか？　奥さんの実家はどこなんだ、荷物まとめる余裕ないならこっちでやっておくから――」

「迎えには行かない」

まだ他人事のように感じる声で棚澤に訊ねた千野は、その返事を聞いて、唐突に我に返った。

「行かないって……何でだよ、奥さん待ってるんだろ」

「ここ出てく気はないって前にも言っただろ。向こうとの話は電話ですんだよ。それより腹減ったな、すぐ飯の支度するから」

「棚澤」

自分のせいだ、と千野は直感した。

(俺のことが心配で離れられないんだ、棚澤は優しいから)

無様な姿を見せたことを、千野は悔やむ。

「何言ってるんだ、せっかく向こうから戻ってきてくれるのに」

「あんなふうに裏切られて、二度と相手のことを愛せるわけがない」

棚澤は少し疲れたような顔で、低くそう言った。

「自棄《やけ》になるなって。今は腹立つかもしれないけど、いつか許せる時が来るかもしれないじゃないか。その時に悔やんだって遅いんだぞ」

「もうあいつに未練はない。それより、今はそばにいたい奴がいるんだ」

自分をまっすぐ見て言う棚澤から、千野は目を逸《そ》らした。

「前も言っただろ、俺なら大丈夫だって。俺は一人でもやってける、ずっとそうやってきたんだ」

「千野」

「それに、俺も、好きな人が出来そうだし。今」

棚澤が驚いたように目を見開く様子が、千野の視界の隅に映り込む。

「好きな人？」

「そう、仕事相手の……何度か一緒に食事に行ったりして。楽しいんだ」

以前食事に誘ってきた相手とは、あれ以来仕事以外で連絡は取っていない。それでも千野は、棚澤を思い直させたくて嘘をついた。

「そういう人もいるから。気にするなよ」

「俺がいるのに？」

落ち着いた棚澤の声音は、千野の嘘なんてすぐに見透かしたような響きを持っている。

「いつかはいなくなるだろ」

同情は続かない。続くはずがない。小倉と千野は続かなかった。横倉と千野も続かなかった。

でもせめて友情なら続けることができるかもしれない。千野の救いはそこにしかあり得ない。

「ずっと続くことなんてないよ。結婚して、子供作って……っていうなら、ありだろうけど」

「……」

「俺が『今好きな人』もいつかはいなくなるだろうし」

もしあの青年と恋人同士になれたとして、それが永久に続くわけがないことくらい、千野はわかっている。他の時と同じように、一時期だけ親しくなって、それで終わりだ。上手くいけば仕事相手として続けられて、失敗すれば顔を合わせるのも気まずくなってそれきり。

(棚澤とだって)

「本当に、平気なんだよ。俺は自分がこういう……性癖とか、親にも疎《うと》まれるようなものなんだって、理解して受け入れた時点で、その覚悟はできてる。一人で生きてく覚悟は」

「……そんなの、俺だって一緒だ」

言葉を重ねる千野に、棚澤がそう返す。

「あいつに裏切られたって気づいた時、結局、幸福が永遠に続くなんて夢見てたのは自分だけだってわかった」

低くなる声に、千野はこの部屋に来たばかりの頃の棚澤のことを思い出し、ぎこちなく相手のことを見遣った。

だが千野が咄嗟《とっさ》に心配したほど、棚澤は荒《すさ》んだ表情になんて戻ってはいなかった。

「あいつはまた裏切るかもしれないって思うと、信じることはもうできない」

「……でも、じゃあ、俺といたって同じだろ？」

棚澤も自分と同じことに傷ついて、同じことに怯えている。

それがわかったから、千野は相手と離れる決心がついた。

(俺じゃ無理だ)

自分では、棚澤を癒《いや》すことができるはずがない。

永遠にあるものなんて、千野自身が信じていないのに。

「俺だって棚澤のこと好きなままなのに、小倉先輩や横倉とつき合ったよ。俺は、そういう人間だよ」

「……」

「それに……おまえだってさ」

これを言ったら、本当に全部終わる。

わかっていて呑み込んでいた言葉を、二度と酷《ひど》いことを言って棚澤を傷つけたくないからわからないふりをしていたことを、千野は棚澤に告げた。

「奥さんのことまだ好きで、そのせいで傷ついて自棄糞《やけくそ》になるような状態だったのに……それでも棚澤は、俺のこと抱いただろ？」

「──」

棚澤は何か言いかけて、言うべき言葉が見つからない様子で開きかけた唇をまた閉じた。

千野は微かに笑う。

「そんなもんなんだって。それほど大袈裟《おおげさ》なことじゃないだろ、裏切ったとか、裏切られただとか。どんな奴でも間違う時があるなら、せめて、一生添《そ》い遂《と》げて誰からも後ろ指さされない相手を選んだ方がいい。絶対その方がいい」

「……千野」

それでも棚澤が自分に近づき、手を伸ばそうとする様子に、千野の限界が来た。

「──もういいだろ、もう出てけよ！　早く消えてくれ、これ以上おまえといるの嫌なんだよ！」

頭ではそうした方がいいとわかっているのに、少しでも気を抜けば、棚澤に行かないでくれと縋《すが》りそうな自分が怖ろしかった。

「千野、俺は」

千野の叫び声に怯《ひる》まず、棚澤はなおも手を伸ばしてこようとする。千野はそれを振り払い、部屋の隅まで逃げた。

「いいから、出てけって」

指先にベランダへと続く窓の鍵が当たる。後ろ手にそれを開けた。

「千野！」

棚澤の叫び声を背中に聞きながら、千野はベランダへ駆け出し、その手すりへと両手をかける。

「こっち来るなよ！」

追いかけてこようとする棚澤の気配を感じて、千野は声を張り上げた。非常用の梯子《はしご》が収まっている入れ物を足場に、手すりの向こうへと身を乗り出した。

「やめろ、千野！」

再び叫ぶ棚澤を振り返ると、蒼白《そうはく》な顔で千野を見ながら、窓のところで立《た》ち竦《すく》んでいた。

「出てかないと死ぬ」

平坦な響きで紡《つむ》がれた千野の言葉に、一瞬、棚澤がきつく歯噛みするような表情で顔を歪ませた。

「おまえ……それが俺に対する脅《おど》しになると思うのなら……」

呟くと、棚澤は千野の方に伸ばしかけた腕を引き、その手で自分の顔を覆《おお》った。

「せめて、言わせてくれ」

「……何を？」

手すりに手をかけたまま問い返す千野を、顔を上げた棚澤が見返して言《げん》を継《つ》ぐ。

「おまえのこと愛してる」

「気のせいだよ」

その言葉を、千野は反射的に振り払った。

「勘違いしてるんだ。辛い時そばにいたのがたまたま俺だから。俺が甘やかしたから、ただ居心地がいいっていうだけで」

「そうだよ」

棚澤が一歩、千野の方へと近づいてくる。それが怖くて、半《なか》ば恐慌状態になりながら咄嗟に手すりを乗り越えようとする千野の腕を、駆け寄った棚澤が力ずくで押さえた。

「離せよ！」

これ以上棚澤の前で醜態《しゅうたい》を晒《さら》す恐怖に怯え続けるくらいなら、死んだ方がマシだ。そう思って手すりによじ登り、足をかける千野の体を、棚澤が後ろから羽交《はが》い締《じ》めにするように押さえつけてくる。

「やめろって！　やめる気がないならせめて俺のこと道連れにしてくれ！」

「……え？」

一瞬、何を言われたのか本気でわからなかった。

棚澤の叫び声に気を取られたせいで、抵抗する千野の体から力が抜けた。

その隙《すき》を見逃《みのが》さなかった棚澤に、千野は力任せに手すりから剝《は》がされ、引《ひ》き摺《ず》るように部屋の中まで連れていかれた。

目の前で音を立てて窓が閉まる。

それで千野は呆然から再び恐慌状態に陥《おちい》り、自分を抱《だ》き竦《すく》める棚澤の腕の中で暴《あば》れた。

「嫌だ、離せ！」

「何で離さないといけないんだよ！」


叫ぶ千野の声を上回る大きさで、棚澤も声を上げる。その声の強さに千野は身を竦ませた。

「……千野なら俺のこと甘やかしてくれると思ってたんだ」


怯えたように体を固くする千野に強い力で、抱き締めるというよりは押さえつけるように腕を回したまま、棚澤がまるで先刻とは打って変わって静かな声で言う。

「信じてた相手に一遍《いっぺん》に裏切られたってわかって、もう誰も信じられなくなった時、おまえのこと思い出したんだよ」

棚澤の言葉をこれ以上聞くべきか、逃げ出すべきか、迷って千野は身動きが取れなくなる。

「ただ世界中でおまえだけは俺のこと甘やかしてくれるって、それだけ救いみたいに思ってここまで来た。誰からも見捨てられた気になって全部投げ出しかけた時に、千野が昔俺にくれた愛情とか、一緒にいた時間とか、そういうのを思い出して、それだけが俺のこと繋ぎ止めててくれたんだ」

「――」

「自分勝手なのはわかってる。大学の時俺の方からおまえの気持ちを拒《こば》んでおいて、今辛いから縋《すが》ろうなんて滅茶苦茶《めちゃくちゃ》だってわかってたのに、もしかしたら自分が救われたい一心《いっしん》で都合よくおまえの記憶を美化してるだけかもしれないって思ってても、千野に会わずにはいられなかった。一人になるのが怖かった」

棚澤の声が震えているように聞こえて、千野は驚いて息を呑む。

(泣いてる……のか?)

それは、千野には酷い衝撃だった。

「そんな勝手な俺を、千野は拒みもしないで、本当に甘やかしてくれたんだ。嬉しかった。嬉しくて……そういうおまえのこと、好きにならないはずがない。だから、死ぬなんて言わないでくれ。千野にそんなこと言われたら、冗談でも、脅しでも、俺だって悲しくて死にたくなる。せっかく千野にまた会えて、そんなこと考えずにすむようになったのに」

「……何言ってんだ……」

自分で散々《さんざん》死にたい気分を味わっておきながら、棚澤が同じことを考えるなんて信じられずに、千野は呆然と呟いた。

「棚澤が、そんな」

「俺が一人になった時一緒にいてくれたから、俺もおまえのこと一人にしない。死ぬまでずっと。死ぬ時も絶対」

「だから……何言って……」

どうしてか、急に膝《ひざ》から力が抜けた。そのまま千野は、頽《くずお》れるようにその場にずるずると座り込む。

棚澤も、一緒になって千野の後ろで床に膝をついたようだった。

「勘違いしてるのは、千野の方だと思う」

「……何が……」

「喩《たと》えが。おまえは俺のこと好きだったのに小倉先輩や横倉とつき合って……でも、そのどっちかとつき合い続けられてなきゃ、俺への説得にはならないだろ」

言われた言葉を、千野は頭の中で吟味《ぎんみ》する。すぐには理解できなかった。

「俺は散々酷いことしたし酷いこと言ったのに、それでも千野は俺のこと突き放さずにいてくれた。おまえが優しいのに甘えて、おまえの気持ちなんてちっとも考えずに、どこまで傷つけても許してくれるのかとか、そんな……最悪なやり方しかできなくなってた俺のこと、千野はいつでも許してくれた。俺のせいでおまえだって充分傷ついてるはずなのに、それでも俺を好きだって言ってくれた」

棚澤の囁きが、千野の耳から体の中へ染み込んでくる。

小さな声だったのに、棚澤の言葉はやけにくっきりと千野に届いた。

「だから俺は、自分のためにも、千野のためにも、しっかりしなきゃいけないと思ったんだ。

何とか立ち直って、おまえを傷つけた分、優しくしてもらった分、それを返したいって。おまえが辛そうにしてるなら、おまえがしてくれたみたいに慰めてやりたいって。それができなければきっとおまえと離れる羽目《はめ》になるってわかってた。でも千野と一緒にいるのが俺じゃないのは、嫌だ。だから俺を遠ざけようとしないでくれ。……そばにいたいんだよ」

のろのろと振り返ると、不安そうな棚澤の表情が千野の目に映る。

その顔を見たら、千野の中で張り詰めていたものが、音を立てて崩《くず》れていく感じがした。

「お……男同士だぞ⁉　おまえは今普通じゃない状況だから、それに較べたらって軽く考えてるだけかもしれないけど、友達も、親も兄弟も失うかもしれないんだぞ⁉　なのに一生とか、そんな、簡単に……」

「簡単に言ってると思うのか」

「……」

棚澤がいい加減なことを軽い気持ちで言うはずがないと、千野は信じてしまっている。だから反論できなくて、口を噤《つぐ》んだ。

棚澤は抱き締めていた千野の体を自分の方に向き直らせ、座ったまま、まっすぐ千野の目を覗き込んでくる。

「それに悪いけど、そのことに関しては正直おまえの家族に問題があると思う。息子が大変な時に自己保身のために見捨てるって、それは、千野じゃなくて親がおかしいんだ。あとは、諦《あきら》めてたおまえ自身も」

　きっぱりと言い切る棚澤に、千野はやはり反論できない。したかったのに、何も言葉が浮かんでこない。

「友達も、それで離れてくならそれだけの相手ってことだよ。もしかしたら俺の周りにいる奴も離れていくのかもしれない。でも残る奴はいるだろうし、残したいと思ったら残す努力を俺はする」

「棚澤は……強いから……」

　どうにか声を絞《しぼ》り出《だ》した千野に、棚澤が小さく笑った。

「ここ最近の俺のことずっと見てたのに、おまえがそんなこと言うのか？」

「崩れたのなんて、一瞬だけだろ。今はもう昔と同じみたいに」

「戻れたのは千野のおかげだっていうこと、千野だけにはわかって欲しいよ」

　それでもう、本当に反論できる材料を千野は失くしてしまった。

「償《つぐな》わせてくれないか。自分のことで手一杯で、おまえに甘えてばっかりで、わざと傷つけるようなこと何度もした。謝っても謝り足りないと思う。だからこれから先の時間で、取り戻させてくれ。……って、まだ、格好《かっこう》つけてるな、俺」

　苦笑気味につけ足してから、棚澤がどこか恥ずかしそうな表情になって、千野から目を逸らす。そんな仕種も表情も初めて見るもので、千野は視線も気持ちも全部、簡単に棚澤の方へ奪《うば》われてしまった。

「ただ千野といたいだけなんだ。そのために必要な口実を探してるのかもしれない。おまえに償いたいのも、おまえを楽にしてやりたいのも本当だけど……ただ、こうしてるだけで嬉しくて、手放せないから」

「……」

目を逸らしたままの棚澤に力を籠《こ》めて抱き締められ、千野はそのまま相手の肩に目許を押しつけた。

涙腺《るいせん》か、もしかしたら頭の中身がどこか壊れてしまったように、後から後から涙が落ちてきて止まらない。

「俺……は、ただ、棚澤のこと、好きでいただけなのに」

自分で馬鹿じゃないかと思うくらい泣いている千野の体を抱く腕を少しゆるめ、棚澤がその泣き顔を覗《のぞ》き込《こ》んでくる。指先に目許を触れられた。それを振り払う気が、千野にはもう少しも起きなかった。

「そういう千野がいたから、俺は千野が好きでいてくれた自分に戻れたんだよ」

棚澤が拭《ぬぐ》ってくれるのに、千野は涙を止めることができない。

「じゃ、じゃあ……俺、おまえのこと好きで……よかった……」

生まれて初めて、そんなことを思った。

誰とも関わらず、関われずに、人を好きだと思う気持ちすら許されないと思い込んで、存在していたって何の意味もないと思っていた自分だったのに。

「いても、仕方ないと思ってたのに……で、でも、こんなのでも、一番好きな——棚澤の役に立ったんなら、俺は、いてよかったって、思……」

「うん。いてくれて、ありがとう」

泣きじゃくる千野の体を、棚澤が座ったまま抱き締める。

千野は泣いている自分をみっともないと思う余裕もなく、長い間棚澤のシャツに縋り続けた。

◇◇◇

泣きすぎると熱が出るのだという体験も、千野は生まれて初めて味わった。

ついでに、嗚咽《おえつ》しすぎて吐くという醜態も晒したが、棚澤は嫌な顔ひとつせずにそんな千野を介抱《かいほう》して、ベッドまで抱えるように運んでくれた。

「氷換えるか？」

目許や額に当てていた氷嚢《ひょうのう》代わりの保冷剤を千野の手から取り上げ、棚澤が新しいものと換えさせながら、ベッドの脇に腰を下ろした。

「悪い……」

目許だけでなく顔中が腫《は》れてしまった。ただでさえつまらない顔立ちなのが、平凡という以上に醜《みにく》くなったのが恥ずかしくて、千野は冷やす素振《そぶ》りで保冷剤に巻かれたタオルを使い顔を隠す。

「一応、これも言っておくけどな」

そんな千野の髪を指で撫《な》で、棚澤が口を開いた。千野は撫でられる心地よさに浸りながらその声を聞く。

「元嫁との電話。上司と別れたっていうのをけじめをつけるために報告するってことと、俺が元いたマンションに置いてった荷物はどうするかって連絡だけだから。縒り戻そうとか、そういう話はなかった」

「……そうか」

縒りを戻したがっている、というのは、棚澤の元妻を知る友人が先走っただけらしい。

もしくは、相手が本心ではそれを望んでいたとしても、今さら棚澤に言い出すことはできなかったか——言い出したとしても、棚澤が拒《こば》んだのか。

(どっちでも、棚澤にその気がないっていうのだけわかれば、平気だろ。俺は)

そう信じることが、難しくなくなっている自分に千野は驚く。

「荷物はここの住所に転送してもらえるようにしておいた。万が一面倒なことになったら困ると思ったから、元嫁には場所教えてないけど」

「何か……冷静だな、おまえ」

泣きじゃくったせいで少し嗄《か》れてしまった声で、千野は呟いた。周到で面食《めんく》らってしまう。

棚澤は笑っていた。

「向こうから連絡なくても、どっちにしろそうしようと思ってたからな。できれば本格的に住所をここに移させて欲しいんだ、今の会社の履歴書も、勝手にここの書いちゃったんだけど」

「俺は、いいけど……」

「俺がそうさせて欲しいって頼んでるんだって」

優しく髪を撫でていた手に、今度は軽く小突《こづ》かれたが、まったく痛くはなかった。

「……でもやっぱり、外聞《がいぶん》が悪いんじゃないか。俺は個人でやってるから平気だけど、会社勤めしてるのに、身内でもない男と二人で暮らしてるとかって……」

「別に俺は誰に知られても構わない。——だから前に、あいつら呼んだだろ」

「え……」

大学時代の仲間を、棚澤が自分に無断で連れ込んだことを、千野は思い出す。

あの時はただ、棚澤の勝手に憤《いきどお》っただけだったが。

「あの時はさ、再就職決まって、浮かれて一番におまえに電話した後、まあ騙《だま》したみたいな形でおまえの連絡先聞き出したのがずっと気に懸かってたから、謝りついでに報告するかって横倉にも連絡したら、あいつに凄《すご》く怒られて、腹が立ったんだ。何て言うか、千野のことを一番わかってるのが自分、みたいな横倉の態度に」

「……」

そっと顔に乗せたタオルをずらして、千野は棚澤の方を見上げた。

腫れたみっともない顔を相手に見られたくなかったが、棚澤の方もばつの悪そうな表情で千野から顔を背《そむ》けていたので、こっそり様子を観察することができた。

「千野は俺のものなのに、って皆《みんな》に思い知らせてやりたかったっていうか……でもおまえが俺とのことを知られるの嫌そうだったから、言わないでおいた」

棚澤の視線が自分の方に戻ってきたので、千野は慌ててまたタオルで目許を隠した。

「俺は惚気《のろけ》たいから、仲いい奴らくらいには報告しときたいけどな。千野が抵抗あるなら我慢する」

再び、棚澤の指に髪を撫でられ、タオルの下で千野は目を閉じた。

「……ごめん。俺はまだ、そこまで度胸《どきょう》が据《す》わらない」

「ならばれないように努力する。誰に言っても言わなくても――」

途切れた言葉が不思議で、もう一度棚澤の様子を見上げると、それを予測していたかのようにタオルを剝《は》がされた。すぐに相手の顔が近づいてきて、唇が唇に触れる。

「どっちでも、気持ちは変わらないからな」

何だか眩暈《めまい》がした。千野は瞼《まぶた》が腫れぼったいからというだけでなく、どうしても目を開けていられない。

「ひとつ訊いてもいいか？」

まだ千野の間近で、棚澤が問いかけてくる。

「……うん？」

「千野が『今好きな人』って誰だ？」

「……」

好きな人ができた、などという言葉を、棚澤が信じている感じはやっぱりしない。

千野は見え透いた嘘をついたことに恥ずかしさを感じつつも、熱を持って少し痛む瞼を開いた。

「多分ずっと、棚澤……」

自分の顔を覗き込んだままの棚澤の顔が、嬉しそうに綻《ほころ》んだのを見て、千野は胸が痛くなる。

痛くて苦しいのに、でも辛くない。

「よかった」

安堵の息を吐き出しながら笑って言った相手の背に無意識に腕を回すと、当然のようにもう一度唇が降りてくる。

（気持ちいい……）

陶然《とうぜん》と目を閉じる千野に、棚澤のキスが何度も続いた。千野はそっとその頭を抱き込み、自分から唇を開いて誘うように棚澤の舌を迎え入れる。

「……口の中、熱いな。平気か？」

子供みたいにわあわあ泣いた挙句に発熱した千野のことを、気遣うようにキスの合間に棚澤が訊ねてくる。

「まだ気分よくなかったら——やめるから」

大分《だいぶ》疲れて、少し頭がぼうっとしているが、千野にはこのままだ眠ってしまうなんてできそうもない。したくなかった。

「顔、みっともなくて……棚澤が、冷めなきゃいいけど」

いつもなら心の中で思ってひっそり卑屈《ひくつ》になるところを、ぼんやりしているせいか千野は棚澤を見上げながらつい口に出してしまう。

「何言ってんだ？」

答える棚澤は可笑しそうで、千野の腫れた目許を指で撫で、同じ場所にも唇を落としてくる。優しい仕種が心地よすぎて、千野はまたうっとり目を閉じた。棚澤は千野の顔中に唇を落として、千野をますます酔っぱらったような気分にさせた。

「……信じられるものって、最初から千野だけだったのかもしれないな」

千野のシャツのボタンに片手をかけながら棚澤が呟き、千野はそれをうっすら目を開けて見上げる。

「俺？」

「それまでいた友達とも、彼女とも、千野は何か違ったから」

丁寧な動きで棚澤がボタンすべてを外し、千野のシャツの前をはだけてくる。

「何があっても自分を裏切らないもの、自分を信じて許してくれるものとか、そういうのがこの世にあるって最初に思ったの。千野に会ってからだ、多分」

音を立てて棚澤が首筋や耳許に接吻けてきて、千野は微かに身を強《こわ》ばらせた。ささやかな動きだったのに、やけに体が反応してしまう。

「そ……んな、大袈裟《おおげさ》じゃないか？　少し……」

「でもそうじゃなけりゃ、おまえに好きだって言われた後、厚かましく友達でいて欲しいなんて言えなかったと思う、俺は」

もう慣れた仕種で棚澤は千野の肌に触れている。その癖を千野も把握していた。耳朶《じだ》を歯で嚙《か》んで感触を楽しむのが好き。浮いた腰骨の固さを指で確かめるのが好き。

千野は棚澤の手ですっかり裸に剝《む》かれ、千野も、遠慮や引け目もなく、自分の手で棚澤を丸裸にしてやった。

「あの頃から、俺はずっとおまえに甘えっぱなしなんだな」

「……そんなの、考えたこともなかった」

不思議な気分で呟く千野の唇を、棚澤が深い接吻けで塞《ふさ》いでくる。

「ん……」

棚澤も千野の感じるところを熟知していて、千野は肌のあちこちをやんわりとした動きで刺激され、そのたびに体を震わせた。棚澤の動きはもどかしいくらい緩《ゆる》やかで、まるで長い時間をかけて楽しみたいと告げるように、根気よく千野の性感を高めている。こんなやり方を、風呂場での自慰《じい》行為を見られた時以来、棚澤はずっと続けていた。

(ずっと、大事にされて……長いこと触れ合ってたいって、そういうふうに、思っててくれたのか)

優しい棚澤の仕種に、千野はまた泣きたくなる。

「千野？　……辛いか？」

訊ねながら、棚澤がろくに触れられてもないのにもう痛いほど張り詰めている千野の中心に手をかけた。

「ぁ……ッ」

「気持ちよさそうな顔が見たいんだ。一回酷いやり方して泣かせたの、まだ後悔してる」

「や、……あ、ぁ……じ、焦《じ》らされるのも、辛い、んだけど」

棚澤の手でやわやわと弄《もてあそ》ばれ、もう先端から透明なものを滴《したた》らせているのに、決定的な刺激を与えてもらえない。それはそれで、千野には苦痛だ。

「……難しいところだな」

千野の顔中あちこちに唇で触れながら、棚澤は緩やかな動きを変えようとしない。

「何、が……」

「泣かせたくないけど、泣き顔も見たい……」

「……う……」

棚澤の目論見《もくろみ》どおり、千野は高いところで続く快楽に耐えかね、泣き声を漏《も》らした。

「無……理、もっと……たくさん触って、くれないと」

「……」

千野の体は気持ちのいいことに忠実だ。棚澤の思うようにして欲しいとは思うのに、優しすぎる愛撫がもどかしくて、頭が変になりそうで、ねだらずにはいられなかった。

「ごめん、す、好きなふうに、してもらいたいのに」

もう切れ切れになっている呼吸を弾《はず》ませながら、千野は羞恥《しゅうち》に全身を赤く染めつつ、棚澤の手に自分の腰を押しつけるような仕種をしてしまう。

「も、っとして、お願いだから……ッ」

それでも今までは残酷なほど優しい棚澤の愛撫にも、どうにか自分を抑《おさ》えてこられていたのに。

千野は止められず、自分の胸の突起をささやかな動きで摘んでいた棚澤の手を取り、夢中になってその指を口の中に含んだ。舌を絡め、奥まで飲み込み、濡らしていく。

少し驚いた顔の棚澤と目が合った。だが棚澤は千野の手を振り払いもせず、わずかに熱を持って潤《うる》んだような目で、そんな千野の痴態《ちたい》を眺めている。

「中、触って……指……入れて……」

小さく啜《すす》り上《あ》げながら、千野は自分の唾液《だえき》で濡らした棚澤の指を、下肢《かし》の間に誘《いざな》った。

「……これで中、掻き混ぜて欲しいか？」

「ん……」

低く囁かれる棚澤の声に身震いし、千野はがくがくと何度も頷いた。前の刺激だけでは足りない。体の中から棚澤の熱を感じて、それでぐちゃぐちゃにして欲しかった。

棚澤は千野の泣き顔を見て小さく微笑《ほほえ》むと、その両脚を抱え上げて大きく開かせた。自分の零《こぼ》したもので濡れた昂ぶりも、その下で期待を堪えきれずにひくつく窄《すぼ》まりも、千野の全部が棚澤の目の前に晒される。

棚澤の指がすぐに体の中に潜《もぐ》り込《こ》んできて、千野は震えながらその感覚を味わった。内壁を指の腹で擦《こす》られる刺激だけで達しそうになるのを、必死に堪える。

「た、棚澤……棚澤の……」

自分だけがこんなに乱れていることに、ほんのわずかだけ残った理性が耐えきれず、千野は身を捩《よじ》って起き上がると棚澤のペニスに手を伸ばした。動きに気づいた棚澤も自分から身をずらし、千野の開いた唇の中に自分の昂ぶりが収まるように移動する。

「ん……、……ん……っ」

棚澤の中心も固く張り詰めているのが、千野には嬉しい。棚澤に触れる時に感じることが癖になりかけていた後ろめたさを振り払い、その茎に舌や指で刺激を与えることに没頭《ぼっとう》する。口の中で棚澤の熱を味わうのも、体の奥をその指で掻き回されるのも、気持ちよすぎて千野はもうすっかり自分をなくしていた。

(気持ちよくて、死ぬ……)

棚澤と、何の迷いも憂《うれ》いもなく触れ合える日が来るなんて、想像の中でも考えたことがない。

「ッ……く……、千野、もう」

先に音《ね》を上げたのは棚澤の方だった。千野の口で愛撫された部分は、これ以上大きくなりようがないほど膨《ふく》らみきっている。

それでもその味も感触も手放したくなくてしつこく唇の中に含み続けていたものが、少し荒っぽく千野の中から抜き出される。同時に、体の奥を掻き回していた指も抜き出され、千野は高い声を上げながら身震いした。

「……ぁ……ッ」

震えが止められない間に、片膝を抱え上げられ、横向きで大きく脚を開くような格好を取らされる。

「あ……ッ、ぁ……」

侵入はあまり優しくはなかった。それでも性急すぎはしない、千野が望んだとおりの動きで棚澤のペニスが体の真ん中を貫《つらぬ》く。

「う、ぁ……あ、ぁ、……棚澤、気持ちい……棚澤……ァ……っ」

体中で、その存在を感じずにはいられない。濡れた音を立てながら棚澤の欲望が千野の体の中を出入りする。堪《た》えかね、千野は何度も声を上げた。

「俺も……いい、千野……」

譫言《うわごと》のように名前を呼び、もっと触れ合いたくて伸ばした千野の手を、棚澤が当たり前の仕《し》種《ぐさ》で摑んで、指を絡める。

望んだことが、言葉にしなくても簡単に与えられる幸福に、千野は目が眩《くら》みそうだった。

「好き……棚澤、好きだ……好き……」

初めて告げるわけではないのに、思いを口にしてみると、千野は自分がその行為にも飢《う》えていたことに気づく。

好きな人に好きだと、こんなふうに触れ合いながら何度も繰り返せることが、どうしようもない幸福と快感になった。

熱っぽい仕種で棚澤にキスされたせいで、その言葉を声にすることができなくなってしまったが、千野はそれでも棚澤の口の中に想いを流し込んだ。

それに応えるように、棚澤がより深いところまで千野の中に楔《くさび》を打ち込み、熱い迸《ほとばし》りを注ぎ込む。

「ん……、……ん……ッ」

体の中のあちこちを棚澤に侵食《しんしょく》されながら、千野も絶頂を迎えた。身動き取れないほど棚澤にきつく抱き締められ、手に負えないほどの幸福感と共に、その体温を全身で感じる。

「……何か……死にそう、このまま……」

まだ唇に触れる棚澤の唇を感じながら、千野は譫言みたいに呟いた。

「……駄目だろ、そういうこと言うのは」

酷すぎる快楽のせいで零れ続けた涙が、千野の視界を滲ませている。それでも目を凝《こ》らすと、棚澤が苦笑染《じ》みた、困ったような顔で自分を見ているのがわかった。

(……ああ、そうか、もう)

生きていくのも死ぬのも自分一人だけだなんて、二度と思ってはいけないのだ。

今の千野には、慣れ親しんだあの底のない虚《むな》しさがどんな感じだったのか、上手く思い出せない。

「さっきも言っただろ。いなくなるなら、せめて道連れにしてくれって」

頬に触れてくる棚澤の手を、千野は目を閉じて上から握った。棚澤の声は笑っているのに、少しだけ本気にも聞こえる。

そんなことも、もう棚澤に言わせてはいけないと、千野は胸の中で誓《ちか》う。

「……ずっと、ここで一緒にいたい」

絞り出した千野の声は、そうしたいなんて思ってもいなかったのに、酷い涙声に掠《かす》れていた。

そのせいで最後まで言葉にできなかったけれど、棚澤は聞き返しはせず、了承の合図のように千野の髪を撫でてくる。

「そうだな。ずっと」

棚澤の声は優しい。好きになった頃から変わらない。

その声と触れられる感じを味わいながら、千野は長い間そのまま棚澤と体を重ねていた。

病《や》める時も健《すこ》やかなる時も

1

集中してノートパソコンのモニタを見ていた棚澤《たなざわ》が、寝室の中に千野《せんの》が入ってきたことに気づいたのは、背後のベッドでごそごそと小さな音がした時だった。

振り返ると、「しまった」という表情の千野と目が合う。

「ごめん、邪魔した」

「いや、平気、ちょうど休憩しようと思ってたところだから」

恐縮《きょうしゅく》する千野に応《こた》えて、棚澤は椅子に座ったまま大きく伸びをした。作業的には切りがいいわけではないが、いい加減休まないと目も体も痛い。八時過ぎに帰宅して、慌ただしく食事を取ったり風呂に入った後、九時頃この寝室に籠《こ》もり始めて、気づけばもう十二時過ぎだ。

「大変そうだし、やっぱりソファで寝ようと思ったんだけど……」

棚澤の仕種を目で追いながら千野が言った。棚澤は笑って立ち上がる。

リビングには千野が仕事に使っているパソコンデスクと、仮眠用のソファがあった。以前はそこが棚澤の寝場所だったが、今ではこの部屋が『二人の寝室』だ。

「あそこで寝るのは禁止って言っただろ、せっかくこんなでかいベッドがあるのに」

棚澤が三ヵ月ほど前に転がり込んだ千野の家は、広さの割にものが少なく、造りの割に家具は適当だったが、このベッドだけは一人で使うにしては贅沢《ぜいたく》なダブルだった。おかげで成人男子が二人で使っても、窮屈《きゅうくつ》に思うこともない。

棚澤にしてみれば、千野とだったら、別にシングルベッドでぎゅうぎゅうに抱き合って寝たって、心地《ここち》悪く感じることもない気がするのだが。

「何があっても、どんな酷《ひど》い喧嘩《けんか》した日も、ベッドは絶対一緒。——夜の営《いとな》みができない日も」

ベッドの端に片膝《かたひざ》で乗り上げ、前半を真面目に、後半をさらに大真面目に言いながら千野の方へ身を寄せた棚澤は、寝る前の挨拶《あいさつ》でキスをしようとしたのに、相手が少し身を縮《ちぢ》めたのを見て寸前で動きを止めた。

「ごっ、ごめん」

見下ろせば、千野はなぜか赤くなって棚澤から目を逸《そ》らしている。

棚澤は小さく首を傾《かし》げた。

「何が？」

「えっ？　え、あ、いや……したいのが、ばれて……駄目だって、釘刺《くぎさ》されたのかと、思って」

「——」

消え入りそうな小声でぼそぼそと言う千野に、棚澤は応える代わり、どさりとベッドの上に倒《たお》れ臥《ふ》した。

「た、棚澤？」

「したい」

腕を伸ばし、慌てた様子で声を上げる千野の胴《どう》を、手探りで抱き締める。

「や、でも……棚澤、仕事、まだあるんだろ？」

困った声音《こわね》で応えつつ、千野も棚澤の頭を抱き返して、そっと髪を撫《な》でてくる。

千野はどんな時でも棚澤を拒《こば》まない。

棚澤が求めれば、必ず抱き締め返してくれる。

（それがどんなに気持ちよくて、俺がどれだけいつもそうして欲しいかは、言い続けたところでちゃんと伝わってるのかどうか——どのくらいっていう部分まで）

他人にこんなふうに甘える自分というものを、棚澤は千野と再会するまで知らなかった。それまでは、どちらかと言えば自分が誰かを、恋人なり友人なり家族なりを甘やかす立場で、周囲からもしっかり者だと思われていたはずだった。

「それより今は、千野を構いたい」

断言して顔を起こし、棚澤は片手で千野の頭を抱き寄せた。千野は大人しく目を閉じて、自分からも棚澤に顔を寄せ唇を合わせてくる。

どちらからともなく啄《ついば》むようなキスを数回重ね、千野の方が先に我に返った様子でそれを止めた。

「やっぱり、俺がいたら仕事の邪魔なんじゃ」

「気がすんだら再開して頑張《がんば》るよ。だれてたところだし、だらだらやるよりは、その方が効率が――」

言いかける途中で、棚澤は千野から顔を逸らし、小さくくしゃみをしてしまった。

千野がまた慌てた仕種になって、棚澤の首に掛かりっぱなしだったタオルを取り、ごしごしと頭を拭《ふ》いてきた。

「風呂入った後、ちゃんと乾《かわ》かせって言ったのに」

「もう乾いてるだろ?」

「乾くまで放っておいたら風邪ひくだろ。棚澤ここのところただでさえ帰りも遅くて、今日もそんな仕事持ち込んで、無理してるみたいなのに」

「だから千野が俺を元気にさせてくれないとな?」

含みを持たせて言った棚澤に、千野がまた少し目許《めもと》を赤くする。

「じゃあ……触るだけ、手……か、口で?」

「んー……口かな」

応えながら、棚澤は布団の中に手を入れ、千野のパジャマを探る。

千野が驚いたように身を捩《よじ》ろうとしたが、棚澤がそう強くはない力で押さえると、困った顔で動きを止める。

「俺が、するのかと」

棚澤が『元気にさせて』などと言ったから、千野は自分が棚澤にすることのつもりで訊《たず》ねたらしい。

勿論《もちろん》棚澤はそれを承知の上で返事をして、自分が実行する素振《そぶ》りを見せたのだが。

照れて恥ずかしがる千野は可愛《かわい》い。

「……一緒にしようか？」

笑って訊ねた棚澤を見返して、千野があまりためらいのない様子で頷いた。

そうやって、恥ずかしがるくせに自分の欲望に忠実で、どんなことも拒まない千野は、もっと可愛い。

棚澤は千野の腕を引いて、自分の方へ抱き寄せるように相手の体もベッドに横たえさせた。

今夜中にしなくてはならない仕事については頭の向こうへ押し遣《おや》る。

千野は積極的に棚澤の服に手をかけた。棚澤も、相手に負けないくらい熱心な様子で千野の服を脱がせて、お互いの快楽を揺り起こすことに、すぐに夢中になった。

◇◇◇

「大欠伸《おおあくび》」

まだ午前中だというのに、つい口を押さえるのも忘れて欠伸をした棚澤を見咎《みとが》め、斜め向かいに座っていた上司が冷たい声で言った。

棚澤は気にせず最後まで息を吸いきってから、短くそれを吐き出して、肩を竦《すく》めた。

「すみません」

悪怯《わるび》れない棚澤の態度に、上司は大仰《おおぎょう》に眉を顰《ひそ》めて見せたが、本気で怒っているわけでもない。上司と言っても棚澤とは二歳違い、大学時代の先輩で、友人のように親しくしてきた相手だ。その先輩が起業《きぎょう》して人手が足りないところに、求職中の棚澤が連絡して、とんとん拍子《びょうし》に労働契約がまとまった。まだ数人だけの会社だから人間関係は気楽なものの、その分仕事量は多かった。いわゆる士業《しぎょう》系だが棚澤は無資格で、できることは雑用ばかり、その雑用には果てがない。

「いいけどな、欠伸のひとつやふたつ。仕事だけちゃんとやってくれりゃあ」

言いながら、相手が書類を棚澤の机に投げて寄越《よこ》した。

「付箋《ふせん》つけてあるところだけ直したらあとはオッケーだから、十部ずつ出力しといて。——まあ忙しいのによくやってくれてるよ、棚澤は。帰りが遅くても文句も言わずに待っててくれる彼女がいるんだから、頑張れるだろうけどさ」

事務的な指示から、からかうような口調に変わった先輩は、棚澤に『同棲相手』がいるということを把握《はあく》している。

「向こうも仕事してますからね。理解があるんですよ」

「俺だって帰ったらにっこり笑って夕飯支度してくれるような恋人が欲しいっての……」

ぼやく先輩に、棚澤はただ笑うだけだ。料理をするのはもっぱら自分で、相手に台所に立って欲しくないから帰りが遅い時も作り置きを絶対に切らさない——などという内情は勿論、そもそも相手は『彼女』ではなく『彼氏』だということも、棚澤が誰かに打ち明けたことはない。

(彼氏、って言うのか？　こういう場合も？)

棚澤自身がカミングアウトに抵抗を持っているわけではない。ただ、千野が駄目だと言うから、その意志を尊重しているだけで。

(聞かされた方も困るだろうからっていう千野の言い分は、わからなくもないし)

棚澤としては、自分と恋人の関係は周囲に認められ、祝福して欲しいものだった。これまでもそうしてきた。今回だけ隠す理由は思いつかない。話せば理解してもらえると思うし、してもらう自信はあると、以前千野に言ったとおりだ。

(でも千野の環境がなあ……)

家族に話せば、驚かれたり、最悪泣かれもするだろうが、最終的には必ず認めてもらえる。棚澤がそう説明しても、千野は納得しなかった。千野自身の家族がそうではなかったからだ。

千野の両親は、息子が同性愛者だと知ると、他の兄弟の人生に悪影響が出るという理由で千野を切り捨てた。実の息子だというのに。

（……ただ恋人が男ってだけだったら、そこまでしなかったかもしれないとはいえ）

千野はそう言って自分の家族を庇《かば》っている。そのたびに棚澤は複合的な理由で苛立《いらだ》った。千野の家族が問題視したのは、おそらく千野が男の恋人を作った上、刃物で刺されるという目に遭《あ》ったからだ。

（千野は被害者だぞ？）

刺された時千野はまだ学生で、そうじゃなくたって、千野の家族は彼を保護すべき立場だったはずだ。

そして同じように彼を守らなくてはならなかった恋人が千野を傷つけたという事実にも、棚澤はどうしようもなく腹が立つ。

千野は同時期に何人からも裏切られたのだ。——本来なら、誰よりも信じられるはずの相手から。

「……」

一瞬、深い場所に沈みそうになった思考を、棚澤は危ういところで引き戻した。

デスクの上に積まれた書類を見て、今が仕事中だということを思い出す。前職とまったく関わりがない業種にしたのは正解だった、と思う。別れた妻は前の会社の元同僚で、その浮気相手は直接の上司だった。

千野といれば忘れられる様々なことは、些細《ささい》な切っ掛けで棚澤の精神を掬《すく》い取《と》ろうと手ぐすねを引いている。

それでも棚澤がまともに日常生活を送り続けられるようになったのは、千野のお陰が一番。だが彼のお陰で自分が立ち直れたことについて、棚澤は心配してくれた家族や友人にきちんと説明ができない。棚澤がまだ独り身であると思っているお節介《せっかい》な親戚のおばさんや親切な友人は、「元気になったのなら」とお見合いだの合コンだのの話を持ちかけてくるようになったから、実は断るのに苦労している。「今は千野と同居してる方が気楽だから——」という嘘をつくたびに、棚澤はよかれと思って自分の世話を焼こうとしてくれる人たちに対して、うっすらと罪悪感を抱《いだ》いていた。

なかなか上手《うま》くいかないものだなと考える棚澤の頭に、ふと、一人の友人の存在が浮かんだ。

自分と千野の共通の友達《ともだち》。

（そうか、あいつにだったら、話しておいても大丈夫じゃないのか？）

そう思いついた棚澤は、その日会社からマンションに帰ると、早速《さっそく》千野に相談してみた。

「ああ……そうだよな、横倉《よこくら》には、ちゃんと報告した方がいいのかなって、俺も思ってたんだよな……」

棚澤の話を聞いた千野は、少し考え込む顔になってから、戸惑いがちに頷いた。

横倉誠二《せいじ》は大学時代に棚澤や千野と同じ陸上部にいて、当時も今もそれなりに親しいつき合いをしている。大学卒業以降、あらゆる知り合いと連絡を絶《た》った千野が、唯一《ゆいいつ》縁を切らなかった相手でもある。

「うん、あいつにくらいは、ちゃんとな。前に怒られたことも弁解しないといけないし」

遅い夕食を向かい合って取りながら言った棚澤に、千野が小さく首を傾げた。

「怒られた？　……って、ああ」

「そう、いつまでも千野のところに居座るな、千野の都合を考えてさっさと出ていけって」

棚澤の台詞《セリフ》を聞くと、千野が微妙に困ったような顔になる。

「悪い、俺が、おまえのこと横倉に相談してたから」

「居座って迷惑かけたのは俺だろ、千野が謝ることじゃない。横倉がおまえを心配して怒ったのは当然だし」

間違っても千野を責めるような響きに聞こえないよう、細心の注意を払いながら、棚澤は出来るだけ軽い口調で応えた。

以前このやり取りをした時、棚澤はひどい言い種《い ぐさ》で千野を傷つけた。横倉との関係を邪推《じゃすい》して——結果的に、過去のこととはいえ棚澤の邪推ではなく事実だとわかってしまったのだが——八つ当たりして、とにかく最低だった。

またあれを繰り返したいと考えているだなんて、千野に思われたくはない。

「迷惑っていうか……好きな相手がひとつ屋根の下にいて、でも相手はこっちを何とも思ってない状態が辛《つら》い、っていう」

食事に気を取られた素振りで視線を皿に落とし、言い辛そうにぼそぼそと話す千野を見ながら、棚澤は笑った。

「じゃあやっぱり、ちゃんと言わないとな。俺も千野のことが好きで、今はお互い幸せです、って」

目を伏せたままの千野も、照れたような顔で少し笑っている。

そうして次の週末に棚澤は千野と共に横倉と街中の飲み屋で落ち合い、食事がてら現況の報告をした。

「そっか……そっかぁ、よかったな、千野」

自分で言いたい、という千野に最初は説明を任せ、途中で言葉に詰まった相手に代わって棚澤が話をすると、横倉は千野に向けて何度も「よかった」と繰り返した。

「そうなればいいのになって思ってたんだよ、俺。おまえもずっと棚澤のこと好きだったもんな。よかったな」

飲み屋のボックス席で、千野はまだ言葉を詰まらせたまま俯《うつむ》いて、横倉に小さく頷きを返している。

話す途中で泣き出してしまった千野の震える肩を、横倉には説明も果たしたことだしと、棚澤は遠慮なく抱き寄せた。

「棚澤も、よかったなあ、おまえもあれこれ大変だったろうけど、千野となら上手くやってけるだろ」

仲睦《なかむつ》まじい二人の様子を見て、横倉は本当に嬉《うれ》しそうににこにこしている。

「……あ……ありがとな、横倉、ずっと……話聞いてくれたり、いろいろ、たくさん」

千野が啜《すす》り上《あ》げながら小さな声で言い、横倉の目もどことなく赤い。

「いいっていいって、聞くくらいしかできなくて悔しかったけどさ、千野が倖《しあわ》せになってくれるなら、俺も嬉しいよ」

千野にそう言ってから、横倉が棚澤の方へと視線を移した。

「棚澤、千野のこと、頼むな。千野を泣かせるような真似《まね》、絶対するなよな」

「……。ああ」

棚澤は横倉に笑って、大きく頷いて見せた。

少しの間啜り泣いていた千野は、そんな自分と、横倉の前で棚澤に抱き寄せられていることが恥ずかしくなったようで、「ちょっとトイレ」と言い置き逃げるように席を離れていった。

千野が廊下に出るのを確認してから、棚澤はテーブルを挟んだ向かいにいる横倉を、指先でちょいちょいと招き寄せる仕種をした。

「ん？」

気づいた横倉がテーブルの上に身を乗り出してくる。棚澤も同じように相手に顔を近づけ、小声で囁いた。

「悪いけどな。これからは、千野のことをおまえに頼まれる筋合《すじあ》いはないんだからな？　今日までは、千野がおまえを頼りにしてたらしいっていう、過去の実績を汲《く》んで、そういう言い種も許すけど」

「……」

眉根を寄せて言った棚澤の顔を無言でまじまじと眺めてから、横倉が小さく噴き出した。

「わかったわかった、悪かった。おまえの千野だもんな。俺が泣かせるななんて言うの、出過ぎてるよな」

笑いたければ笑えばいいと、開き直るつもりで、棚澤は横倉に向けて深く頷く。

――実際のところは、横倉に報告というのは建前で、半分以上はこれを告げることが目的だったのかもしれない……とスッキリした胸裡《むなうち》を感じながら棚澤は思った。大人げないのは重々承知だ。棚澤には大学時代の千野と一番仲がいいのは自分だという意識があったのに、千野が刺された事実を真っ先に知ったのが横倉だということ、入院先やその後についてを把握していたのも彼一人だということに対して、どうやら自分が思っている以上にわだかまりを持っていたらしい。

多分、千野と今のような状況になったせいではなく、大学生の当時から。

「しっかし、意外だよなあ、棚澤が」

体を元に戻しつつ、面白そうな調子で横倉が言った。

「何がだ。俺と千野がつき合い始めたことか？」

「いや、それは、そうなればいいと思ってたって言ったろ。じゃなくて、おまえがそこまで独占欲丸出しにするっていうのが」

空《から》になっている横倉のグラスに、棚澤はビールを注《つ》いでやる。今日は横倉に奢《おご》りでたくさん飲んでもらおう、というのは千野と二人で決めていた。

「大学の時の、ほら女子部の先輩とつき合ってた時は、結構余裕だったろ。狙《ねら》ってる奴他にもいて、当《あ》て擦《こす》りなんか言われても、平然としてたのに」

「ああ——そういえば、そうかな。別に、千野のことだけ信用してないってわけではないんだけど」

棚澤にも少し自覚はあった。棚澤が好きになるのは、面食《めんく》いのつもりはないが大抵《たいてい》誰からも好かれる美人で優しい女性ばかりで、当然棚澤の前にも恋人がいたり、棚澤がいてもアプローチをかけてくる相手がいたりした。

だからといって、そのたび棚澤がいちいち嫉妬することはなかった。あまりに鷹揚《おうよう》に構えているもので、「あなたは本当に私のことが好きなの？」と問われたことすらある。信頼してるから馬鹿みたいなヤキモチなんか妬《や》かないんだと説明ができたし、自分でもそう思っていた。

なのに千野に関しては、横倉だとか、その前につき合っていたという例の元彼――棚澤も知っている、やはり大学の時同じ陸上部にいた先輩だ――のことを考えると、少なからず落ち着かない気分になってしまう。

「千野はちょっと、危なっかしいからなあ。あいつ自身がだらしないとかそういうことじゃなくても、どうも変なのを引き寄せる空気があるっていうか」

棚澤にビールを注ぎ返しながら横倉が言う。

「変なの？」

「あいつとよく待ち合わせに使ってるバーでも、あきらかに千野狙いの奴がいるし。だから今日、別の店にしようって言ったんだよ、こういうとこなら一人で相手探してるような手合いはあんまり――」

「あの、悪いけど、連れがいるんで」

横倉の声に被《かぶ》さるように、困惑した千野の、少し強い調子で言う声が聞こえてきた。棚澤はさらに眉を顰め、廊下の方へ身を乗り出す。

「――千野、こっちだぞ」

千野が、別のボックス席の前で、誰かに腕を摑《つか》まれ途方に暮れる顔をしていた。棚澤が大きな声で呼びかけると、ほっとしたように振り返る。腕を摑んでいた手をやんわり振り払って、足早に棚澤たちの席へと帰ってきた。

「まいった、学生の酔っ払いみたいのに、一緒に飲もうとか言われて」

疲れ切った様子で、千野が元いた席に座り直す。

「頭数増えた方が安くなるだろうけど、知らない人間にまで声かけるか、普通？　やっぱり外は面倒《めんどう》で怖《おそ》ろしいな……」

見知らぬ学生に触られたらしき手をおしぼりで執拗《しつよう》に拭《ぬぐ》いつつ緩《ゆる》く首を振る千野を見て、横倉が物言いたげな視線を棚澤に投げかけてくる。棚澤は納得して、渋々横倉に頷きを返した。

千野は特別美形というわけではないし、身なりも無難《ぶなん》というか、悪い言い方をすれば全体的に地味な容姿《ようし》をしている。学生時代は、そういう千野の飾らない様子、それに一緒にいると妙に居心地よく感じる雰囲気が好きで、棚澤は彼と親しくつき合っていた。

けれど再会してから――ベッドを共にするようになってから、棚澤は悪目立ちする要素なんて一切《いっさい》ない千野が、そういう意味で気に懸《か》かるようになってしまった。

何というか、千野には妙な色気があるのだ。恋人にもなった今、棚澤が『妙』などと評するのもまたおかしな話かもしれないが、とにかく、特別な格好や仕種をしていなくても、いるだけで扇情的《せんじょうてき》な空気を醸《かも》し出《だ》している。

そう感じるのは、単に自分の気持ちが変化したせい、ただの友達から恋人として相手を見るようになったせいだと何となく思っていたが、そうではなく、もしかしたら、千野は同性を恋愛対象とする類《たぐい》の男にとって、ひどく気懸かりな存在なのかもしれない。

「……」

「おい棚澤、おまえ顔怖いぞ」

ブスッとした顔になる棚澤の脚をさり気なく蹴《け》りつけて、横倉が小声で注意してきた。

幸《さいわ》い千野はまだおしぼりで自分の手を拭うのに夢中になって気づいていない。棚澤は笑顔を作るとその手からおしぼりを取り上げ、代わりにメニューを押しつける。

「食べ物なくなってきたし、追加頼もう」

「あ、そうだな。何にしようか……」

思案顔《しあんがお》の千野、それに寄り添いメニューを覗き込む棚澤の態度を見て、横倉が少し呆れた表情になっていたが、特に言葉に出しては何も言わずにいてくれた。

◇◇◇

棚澤も横倉も翌日は会社が休み、フリーランスの千野も差し迫った納期がないというので、随分遅くまで飲《の》み耽《ふけ》ってしまった。

日付が変わった頃に横倉と別れ、千野と二人タクシーでマンションまで帰る。普段はあまり酒を飲まない千野が、楽しそうに何杯もビールを飲んで、酔っ払って、タクシーの中で自分に凭《もた》れてうとうとする様子が、棚澤にはひどく嬉しかった。

「あー……ごめん、寝ちゃった」

だが乗車賃を支払って車を降りるところで目を覚ました千野は、運転手の目があったのに棚澤に寄りかかってしまったことを、エレベータに乗っている間何度も謝ってきた。

「向こうも慣れてるよ、酔っ払いなんか。いちいち気にしないって」

千野を宥《なだ》めて部屋に帰る。千野はどうしても、棚澤と自分の関係を他人に知られることに抵抗を感じるらしい。

「横倉だって祝福してくれただろ。おまえが謝らなきゃいけないようなことじゃないんだぞ」

まだ酔いを残しているのか少し足許の怪しい千野を支え、リビングに入りながら棚澤はそう告げる。家の中では、千野も大人しく棚澤に凭れている。

「うん……」

「友達に祝ってもらえるの、やっぱり俺は嬉しいよ。横倉だけにでも言えてよかった、安心してもらえたし」

「……他の奴には言えなくてごめん、俺の方が、先に棚澤を好きになっておいて」

着替えを取りに寝室に行く前、リビングの半《なか》ばで棚澤が足を止めると、一緒になって千野の動きも止まる。棚澤は千野と向き合い、相手の顔を覗き込んだ。

「順番とか関係ない。それに、結局は俺たちの気持ちがしっかりしてれば、わざわざ人に喧伝《けんでん》する必要もないっていうことは、俺も思ってるよ」

周囲に自分たちの関係を伝えたいと思っていることが、千野の負担になっている。それはわかっているので、棚澤も無理強《むりじ》いするつもりはない。千野にもわかって欲しくて、言い聞かせるように告げてから、ついでに相手の唇に軽く唇をつけた。

棚澤にキスされると、千野が自然な動きで目を閉じる。棚澤はその頬を両手で包んで、何度も千野の唇や、それだけでは収まらなくて鼻先や目許にも散々《さんざん》キスの雨を降らせた。千野は途中からくすぐったそうに笑っている。

「——あと、今報告したら、隠そうとしたって『惚気《のろけ》たいだけのただのバカ』って思われる気もするしな」

千野と額《ひたい》を合わせ、棚澤も笑って言った。

「俺は相当お似合いだと思うんだけど、ラブラブ同士で」

「……何言ってるんだか……」

棚澤の頬に触れ返しながら言う千野の声音は、呆れるというよりは半分羞《は》じらいと、半分喜びの響きを持っている。

千野の方からも棚澤に接吻《くちづ》けてくるが、少し触れただけですぐに離れてしまった。

「あれ——ごめん、留守電が」

二人の真横に置かれた電話機が、ちかちかと伝言ありのランプを光らせていることに気づいたらしい。どうせこの時間では相手の用事を聞いてもかけ直すことはできないだろうが、根が真面目な千野は棚澤から手を離して再生のボタンを押した。電話機と向き合う千野と何となく離れがたくて、棚澤はその体を背中からゆるく抱き締める。

『——カイだ。留守なのか』

留守番電話から少しくぐもった声のメッセージが聞こえた瞬間、棚澤の腕の中で千野が硬直した。

(……誰だ?)

棚澤の知らない名前だった。口調からして仕事相手ではありえなかったし、大学時代の友人にいた覚えもない。

『明日の十四時に行く。家にいろよ』

留守電とはいえあまりに一方的な調子で告げた後、ブツリと素っ気《そけ》なく電話が切れた。機械の合成音が録音は以上だと告げる間に、アルコールのせいで高くなっていた熱が、千野の体からあっという間に消え去った。

「……な……なんで」

千野の声も、酔いなど吹っ飛んだかのように強《こわ》ばっている。棚澤は後ろから千野の顔を覗き込んだ。

「千野? ——誰?」

「……兄さん……」

「え」

千野の返答を聞いて、棚澤も少し驚いた。千野より三、四歳年上だという彼の兄の話は、ほんのさわりだけ聞いたことがある。えらく出来がよくて、立派な大学を出て立派な会社に勤めて、立派な家柄の妻をもらったのだとか。

――その人生の代わりに、千野が家族と縁を切る羽目《はめ》になっただとか。

「どうして、ここの番号……や、そんなのどうとでも調べようがあるだろうけど……な、何しに……」

例の事件の後、財産の分与《ぶんよ》だの、権利関係の整理をしてから、千野は家族と一切連絡を取っておらず、このマンションの住所も電話番号も教えていないと言っていた。

それをわざわざ調べてコンタクトを取ってきたのなら、そこに何かしらの意図《いと》があって当然だ。仲のいい兄弟が「明日遊びに行くからな」と連絡を寄越すのとは状況がまったく違う。

目に見えて震える千野を、棚澤は軽く力を籠めて抱き直した。

「どんな理由にせよ、千野がこんなにうろたえる必要ないだろ。部屋も綺麗に片づいてるし、仕事もちゃんとしてるし、問題があるとすれば、俺は普段着でいいのかちゃんとスーツを着た方がいいのか――」

真面目と冗談、半分くらいの比率で言った棚澤に、千野の体がさらに強張った。石みたいに固くなっている。その反応は無視して、棚澤はさらに言葉を重ねた。

「千野のご家族なら、俺もちゃんと挨拶を」

「駄目だ」

千野は棚澤の予想を超えて、きっぱりと拒否を表した。

「駄目だよ、絶対、棚澤を兄さんに会わせたりなんか」

「どうしてだ？　俺じゃ、恥ずかしくて身内には紹介できないか？」

それでもわざと茶化《ちゃか》すような声で訊ねた棚澤を、千野が泣きそうな顔で振り返る。

「そうじゃなくて……絶対、無理だよ、あの人にそんなこと話して、わかってもらえるはずがない」

「千野」

「本当、駄目なんだ、棚澤の家はみんな仲がいいみたいだから想像もつかないんだろうけど、うちは多分、普通の兄弟って感じじゃなくて……兄さんは基本的に曲がったこととか常識と違うことが大ッ嫌いで、外面《そとづら》はいいんだけど俺にはすごく冷たくて、厳しいし、覚えてる限り昔から嫌われっぱなしで」

宥める語調で呼びかける棚澤に首を振って、青ざめた千野が言葉を連ねる。

「俺が実家を追い出されて以来……じゃないな、俺が怪我して以降、兄さんとは一度も顔を合わせてないんだぞ。もう五年以上音信不通だったのに、こんな急に連絡してくるなんて、絶対何か怖ろしい用事に決まってる」

「怖ろしいって——どんな？」

「いや、わからないけど……とにかく、何にせよ、兄さんにとっては自分の弟が、その、同性と……とか、穢《けが》らわしいって斬り捨てるだけだろうし、どんなに悪く言われたって蔑《さげす》まれたって俺は弟だし仕方ないって思えるけど、でも棚澤にまで嫌な思いをさせたくないから」

「俺だって、千野一人にそんな思いをさせたいなんて思わないぞ？」

もう相手を落ち着かせるための冗談めいた口調を消して、真剣な顔で棚澤が言うと、千野は目を逸らして黙り込んでしまった。

棚澤は小さく息を吐き出す。

「うん、まあ、言わなければ、お兄さんには俺がこの部屋に住み着いてるなんて、わからないことだしな」

「……他の人はともかく、兄さんは、本当に無理だ……友達はわかってくれるかもしれないとか、そうじゃない人は興味も持たないだろうとか、考えようとすれば考えられるけど、兄さんだけは、とにかく」

「わかった」

青を通り越して真っ白な顔色になっている千野に頷き、棚澤は相手をまた抱き締めて軽く背中を叩いた。

「俺は千野のお兄さんのこと知らないからな。おまえがその方がいいって言うなら、そうするよ」

「う、うん、多分、絶対、その方がいい」

頷きながら、千野も棚澤の背中に手を回している。棚澤は相手にばれないようにこっそり溜息をついた。

（そこまで怖いなら、向こうが勝手に明日——もう今日か？　来るって言ってるだけなんだから、千野だって逃げちまえばいいのに）

そう提案しても無駄だろうと簡単に想像がついたので、棚澤は言葉を呑み込んだ。千野の狼《ろう》狽《ばい》ぶりは気の毒になってくるくらいで、兄という存在が彼にとって随分大きなところを占《し》めていることは嫌と言うほどわかる。

千野が家族と暮らしていた頃、両親は兄に較べれば平凡な学力や性格の弟に、あまりうるさいことを言わなかったらしい。

だとすれば、兄は弟にとって、この世で一番、無条件に絶対的な権力と影響力を持つ立場だったのだろう。

両親や周囲が意図的にせよ無意識にしろ兄弟を比較することが多かったのであれば、なおさら。

（千野は自分で気づいてないのかもしれないけど、親に強制されたわけでもないし、結構資産家らしいのに、『兄より出来の悪い弟が学費を無駄に使うのが申し訳ないから大学は奨学金で通った』とか、普通じゃないぞ？）

　しかも千野や棚澤たちの母校は、世間的に見ればまあまあ名門なのだ。なのに千野は『レベルを落とした』と言うし、兄の方が『はるかにいい大学に通っていた』と言う。千野の兄に対するコンプレックスの根深さを思い知って、棚澤はやはり溜息をつきたくなった。

　そんな相手に自分の性癖について罵倒《ばとう》されたり嘲笑《ちょうしょう》される千野がどんな気分になるか、想像するだけで棚澤まで滅入《めい》ってくる。

「じゃあ、今日はもう休んで、明日起きたら掃除するか。俺のものはとりあえず寝室にでも放り込んで凌《しの》げば平気だよな。きちんとした暮らしぶりだってわかれば、お兄さんだって喜んでくれるだろうし」

「……そんな反応もないと思うけど、うん、叱られるのが避《さ》けられるように……」

　千野の声は、半ば自分に言い聞かせる響きになっている。

　棚澤はもう一度、あやすようにその背中を叩いた。

「そしたら寝よう、敵を迎え撃つなら万全の体制で」

「う、うん」

　頷くが、まだどこかぎくしゃくしている千野を、棚澤は引《ひ》き摺《ず》るように寝室に連れ込み、ベッドに寝かしつけた。

　せっかく明日は一日休みで、思う存分千野といちゃつこうと楽しみにしていた棚澤にはがっかりする展開だったが、目を閉じた後も緊張感を漂《ただよ》わせている千野を見ていれば、そう口にすることも憚《はばか》られてくる。

せめてもと思い、棚澤は千野を抱き寄せて、安心して眠れるよう相手の背中をさすり続けてやった。

2

結局千野《せんの》はろくに眠れもしなかったようで、朝は棚澤《たなざわ》より早くベッドを抜け出し、家中を一心不乱に掃除していた。

棚澤もそれを手伝い、二本目の歯ブラシだの、明らかに趣味の違う服や靴などをせっせと寝室に運び込み、念のため千野の兄が来るという午後二時の随分《ずいぶん》前にマンションを出た。

「ごめん、終わったら、メールするから」

棚澤を見送る千野は、悲観的というか絶望的な表情をしていた。実の兄が自分の家に来るというだけでそんなふうになる兄弟仲なんて、棚澤には確かに想像もつかない。

棚澤の方も千野が心配すぎて落ち着かず、どこかへ遊びに出かける気も起きなかったので、結局マンションから少し離れたファミレスで時間を潰《つぶ》した。

千野から『兄が帰った』とメールが届いたのは、想像よりもかなり早く、まだ三時にもならない頃だった。

棚澤が急いでマンションに戻ると、千野は二人分のコーヒーカップが置かれたテーブルの前、ソファへ惚《ほう》けたように座り込んでいる。

「千野？」

ぼんやりと、虚《うつ》ろな顔でカップを眺めている千野の様子に不安を覚え、棚澤は彼の隣に腰を下ろし、軽く肩を揺すった。

「あ――おかえり、棚澤」

ぼうっとしたまま応《こた》えた千野の肩を、棚澤はとりあえず抱き寄せる。

「どうした、大丈夫か？」

訊《たず》ねると、千野はただ小さく頷いた。あまり大丈夫そうな顔色でもない。

「――お兄さん、何だって？」

慎重に問う棚澤を見返す千野は、ゆうべ留守電を聞いた時の数倍は困惑した表情になっている。

「何でもなかった」

「え？」

「ただ、俺の様子見に来ただけだって。仕事のこととか、最近どうかとか聞かれて、三十分くらいお茶飲んで、帰っていった」

抜《ぬ》け殻《がら》のようになっている千野を見ているだけで、棚澤は兄が来ている間に彼がどれほどの緊張を強《し》いられたのか手に取るようにわかった。緊張して身構えていた割に、特別な用事もなかったので、拍子抜《ひょうしぬ》けというよりも途方に暮れているのだろう。

「そうか。お兄さんも、元気そうだったか？」

「うん……」

「よかったな。向こうも、千野が元気で安心しただろ」

「うん、そう言ってた……」

なるべく何ということもない口調で言う棚澤に、頷く千野はうわの空だ。

（二十歳とっくに超えて実家も出た兄弟の距離感なんて、そんなものだろう）

そう思ったが、棚澤は口には出さなかった。千野の反応は過敏過ぎるように感じるが、そうなるだけの理由が彼の中にあることはわかる。

とにかく、訪《おとず》れた千野の兄が、無理難題を吹っかけたり千野を傷つけるようなことを言わなかったというだけで、棚澤にとっては安心だ。

「お兄さん、食事はすませてきたって？　千野はまだ昼食べてないだろ」

「……冷蔵庫に、兄さんがお土産《みやげ》にって持ってきたロールケーキが入ってる……」

「そっか、じゃあコーヒー淹《い》れ直して食べようか」

千野は朝も昼も食事が喉《のど》を通らないと言って何も食べなかった。棚澤も朝にパンを摘《つま》んだきりで、ファミレスでもコーヒーしか頼んでいないが、安堵《あんど》したおかげでやっと腹が減ってきた。

千野が物思いに耽《ふけ》って黙り込んでしまったので、返事は待たずに冷蔵庫から勝手にケーキの箱を取り出す。果物と生クリームたっぷりのロールケーキ。棚澤の苦手な甘いものだが、千野は結構好きだったはずだ。しかも丸ごと一本。

（……嫌いな弟のために、わざわざ家まで来て、弟の好きそうなものをこんな大量に買ってくるもんか？）

そのことを千野に指摘しようと思ったが、もう一度声をかけても生返事しか返ってこなかったので、諦《あきら》める。棚澤はとりあえず千野が落ち着くよう、千野好みの少し薄目のコーヒーを淹れてやることにした。

◇◇◇

兄の来訪《らいほう》以来、千野はすっかり塞《ふさ》ぎ込《こ》んでしまい、日曜日の後半を寝室で過ごした。棚澤もそれにつき合って、ベッドで一緒にごろごろしながら相手の気を逸《そ》らそうとスキンシップを図《はか》ってみたが、千野はまったく気乗りしない様子だったので、刺激しないよう大人しくその体を抱くだけで何もせず休日を終えた。

（せっかくここのところ、落ち着いて過ごせてたのに）

週明けに出社して、山積みの事務仕事を黙然《もくねん》とこなしながら、棚澤は晴れやかとは言えない気分でそう考える。

離婚絡《がら》みで酷《ひど》い精神状態になっていた自分のせいで、振り回された千野はここ数ヵ月大変だっただろう。それがやっと収まって、二人でいい関係が作れているところだったのに、千野の兄とやらはまた余計《よけい》な波風を立ててくれた。

(いっそ何か用事があるっていうんだったら、その問題を片づければすんだだろうし、そっちの方がまだよかった)

他人様《ひとさま》の身内に対して、『用がないなら来るな』と腹を立てるのも失礼な話かもしれないが、棚澤はどうしてもそう思ってしまう。

(まあ『何ごともなくてよかった』って素直に安心できない千野の方にも、問題はあるんだろうけど……)

とにかく今日はなるべく早く仕事を終えて千野のところに帰ろうと、熱心にデスクワークを進める棚澤宛《あ》てに電話があったのは、そろそろ昼休みを取ろうかという頃合いだった。

「棚澤、千野さんだって。知ってるか?」

電話を取ったのは先輩で、かけられたのは会社の番号だ。携帯電話の番号を知っている千野が、しかも就業《しゅうぎょう》時間中になぜと、棚澤は少し慌てて電話を替わった。何か余程《よほど》のことがあったとしか思えない。

「はい、お電話替わりました、棚澤です」

『千野と申しますが』

先輩たちの手前事務的に電話に出た棚澤は、受話器から聞こえてくる声が思っていたものと違うことに驚いた。

声質もトーンも違う。棚澤の知っている千野より低くて、もっと落ち着いた感じ。

「……どちらの千野さんでしょう?」

すぐに相手の正体に思い当たったが、少し間を置いて、探るように訊ねる。

『千野 廻《めぐり》の兄です。突然連絡をして申し訳ない、会って話がしたいんだが、少し時間をもらえないだろうか』

相手の返答は、すべて棚澤が予測したとおりのものだった。

◇◇◇

千野偕《かい》、という名前の上に、日本人なら誰でも知っている大企業の名前と、結構な肩書きが添えられている。

昼休みに落ち合った会社近くの喫茶店、交換した名刺から、テーブルの向かいに座る相手へと棚澤は目を移した。

千野の三つ四つ上だというのなら三十になったばかりの歳だろうが、声と同様、雰囲気がやけに落ち着いている。彼の方も仕事の途中で抜け出してきたのか、体によく合った仕立てのいいスーツを身につけていた。

待ち合わせに指定されたこの店に入ってすぐに、棚澤には彼が千野の兄であるということがわかった。千野を十倍派手にして、十倍自信を持たせて、十倍社会性を持たせて、十倍ふてぶてしくしたらこんなふうだろう、という容姿《ようし》。顔立ちはよく似ているが、印象は百八十度違う。

「――それで、ご用の向きは？」

それぞれ飲み物の注文と、当《あ》たり障《さわ》りのない挨拶《あいさつ》をすませた後、棚澤の方から偕に切り出した。口調は警戒心に満ちたものになってしまう。千野の家族に不躾《ぶしつけ》な態度を取りたくはなかったが、にこやかに談笑《だんしょう》を始めるような場面でもない。

「棚澤君。うちの弟と君の関係が聞きたい」

回りくどいのを嫌って訊ねた棚澤に、偕の問いかけも単刀直入だった。

――ここに棚澤を呼び出した以上、答えをすでに得ているのだろうから、そう直球ではないかもしれないが。

「恋人です。五ヵ月ほど前から同居しています」

自分をみつめる偕をまっすぐ見返して、棚澤はきっぱりと事実を答えた。

千野には少し申し訳ないと思う。彼自身が兄を怖《おそ》れているのと同じくらい、千野は棚澤が傷つくことも怖れて、自分たちの関係は言わずにいることを選んだのだ。

だがこの状況で嘘をつくのは無駄だろうし、第一、棚澤がそんなことをしたくはなかった。

「そうか」

千野の兄に対する評価から、棚澤は相手がこちらを蔑《さげす》んだり、激昂《げっこう》するという反応を何となく思い浮かべていた。

だが偕はひとつ頷いただけで、ウエイトレスの運んできたコーヒーカップに手を伸ばし、動揺の感じられない仕種でそれを口に運んでいる。

棚澤の方は、少し肩透《かたす》かしを食った気分になった。

「ご存知だから、会いにいらしたんだと思いますけど」

「そうだな。悪いが、廻の身辺《しんぺん》ついでに、君のことも少し調べさせてもらった」

棚澤も薄々予測していたが、偕の口調からして、どうやら興信所《こうしんじょ》のようなものを使って調査をすませていたらしい。

悪いと言いつつ悪怯《わるび》れない偕に、棚澤は少なからず不快感を浮かべて眉を顰《ひそ》めた。

なぜ千野自身に正面切って聞かないのかと詰《なじ》りたくなったが、寸前で踏みとどまる。偕は弟の連絡先も知らなかったらしいし、結果論にはなるが、千野は棚澤の存在を隠したのだ。

(それで、弟に男の恋人がいると知って、世間体《せけんてい》が悪いから別れろとでも言うつもりか？)

家族に対して素行《そこう》調査、千野を飛び越して自分に接触する、というやり口を見て、棚澤は偕に対する警戒をますます強める。千野は兄を社交的だと評していたが、気立てのよさや親切さで人の関心を集めるのではなく、駆け引きで強引に手駒《てごま》を増やすタイプなのだろうと、会って十分足らずで把握《はあく》できた。

「人を使って調べさせた他に、俺についてまだ知りたいことが？」

こういう相手に下手《したて》に出るのはろくな結果を生まないだろうと判断して、滅多《めった》になく一切《いっさい》の愛想《あいそ》も見せずに訊ねた棚澤に、だが返ってきた偕の言葉は意外なものだった。

「廻に恋人がいるというのなら、それが信頼するに足る相手かを直接自分の目で確かめたかったんだ」

「──え？」

「何しろ前につき合っていた男は、よりによって廻を刃物で刺すような奴だったからな」

「……」

棚澤の先輩でもある、小倉《おぐら》という男のことだ。大人しくて穏やかで、およそ人に危害を加えるようなタイプには見えなかった。控《ひか》えめだが聡明《そうめい》な人だと思っていた。千野に対して起こした事件を棚澤が知るまで。

「突然訪《たず》ねれば、廻と君が一緒にいるところに行けると思ったんだがな。昨日、廻の家からは見事に君が暮らしている痕跡《こんせき》が消えていた」

偕の口調は特に棚澤や弟を責めるような響きではない。

そのせいで、棚澤は偕に対して張り巡らせていた警戒心を解《と》く気になった。

「すみません。騙《だま》すような真似《まね》をして」

素直に頭を下げた棚澤に、偕はにこやかとは言えない表情で、それでも笑った。

「廻がそうするように言ったんだろう、俺が知れば頭ごなしに反対すると思って」

偕の方も、弟から自分がどんな目で見られているか承知しているらしい。

「そのつもりはないと説明するにも、俺の方から君との関係を調べて知っているなんて教えたら、それだけで卒倒《そっとう》しかねない雰囲気だったからな。弟より、君の方とサシで話した方がスムーズに行く気がしたんだ」

一昨日《おととい》の夜からの千野のことを思い出し、棚澤もつい苦笑いになった。さすが二十七年も千野の兄をやっているだけあって、偕は弟の性格も反応も把握しきっているようだ。

「廻君は、俺とのことがあなたに知られれば、言葉の限りを尽くして罵倒《ばとう》されるだろうって怯《おび》えてましたよ」

「そう思われて当然の仕打ちをしたからな、俺も、両親も」

あっさりとした調子で頷く偕を、棚澤は真面目な顔になって見遣った。

「俺が口出しするのはご不快でしょうが、正直あなたたちの態度には納得いきません。怪我をして心身共に傷ついた家族を、助けるどころか追い出すような真似をするっていうのは」

「俺は知らないことだったんだ」

偕の方も真顔になり、棚澤を見返した。

「両親が廻に財産分与を条件に縁切りを申し出たことも、廻がそれを承諾したことも、決まった後に知らされた」

「でも――」

「そう、でも、止めはしなかった。実の弟が男と痴情《ちじょう》の縺《もつ》れで刃傷沙汰《にんじょうざた》に及んだなんて、世間体がよくない。廻が納得ずくなら、出ていってもらった方が諸々《もろもろ》都合がいいと思って、引き留めなかった」

「……」

「それを今さら負《お》い目に感じて、罪滅《つみほろ》ぼしのために廻に会いに行ったなんて言っても、それこそ都合が……というより虫がよすぎて、君には納得いかないだろうが」

棚澤は返答に困って、口を噤《つぐ》んだままコーヒーカップに手を伸ばした。

「だがそれが本音だ。もし廻の身に困ったことが起きて、助けが必要なら力を貸してやりたいと思っている。今では」

本人の言うとおり、それは身勝手な意見だとは思ったが、本心には違いないのだろうと棚澤にもわかった。そういう表情と声音だった。

「……それにしたって、なぜ今なんですか？」

その点だけが腑《ふ》に落ちない。千野が実家を出てから、もう五年も経《た》つのだ。目の前にいる人が、『ふと思い立ったから』という理由だけで、居場所も知らなかった弟を訪ねる気になるとは棚澤には思えない。

訊ねた棚澤に、偕はここにきて初めて、何か言い渋るような反応を見せた。

棚澤が重ねて問うまでもなく、偕が小さく息を吐いた後に口を開く。

「例の事件の時、示談《じだん》交渉のために弁護士を頼んだ」

例の、というのは千野が小倉に刺された時のことだろう。偕に釣《つ》られて表情を曇《くも》らせながら、棚澤は先を促《うなが》すために頷きを返した。

「その弁護士から、先日連絡が来たんだ。相手の男、小倉とかいうのから、廻宛に手紙が届いたと」

「え――」

予想外の言葉に、棚澤は思わず目を見開く。

小倉は示談の条件として、治療費と慰謝料《いしゃりょう》を払うこと、それからこの先一生千野とは関わらないという誓約書《せいやくしょ》の作成に同意したと聞いている。

「手紙って……一体、何を、それこそ今さら……」

どの面下《つら》げて、とまでは棚澤も言えなかった。言いたかったが、千野と小倉の間にあったことについて何も知らない自分が、感情にまかせて吐き棄《す》てるのは、せめて人前でくらい避《さ》けたい。

偕はひどく苦々しい顔で、また短い溜息をついている。

「まあ――趣旨《しゅし》は、謝罪だな。多分、そのつもりだろう。読んだ限り」

読んだ、という割に偕の言葉は曖昧《あいまい》というか、微妙な含みを持っていることに、棚澤は少し怪訝《けげん》な気分になった。

「勿論、廻にはまだその手紙を渡していないし、届いたこと自体話していない。弁護士は、手紙を渡すも渡さないも、届いたことだけは知らせるも知らせないも、家族の判断に任せると言った。両親はそんなことについて悩むのも嫌だったようで、俺に相談——というか、丸投げした」

「……それで、あなたが弟さんにコンタクトを取ったと」

「そうだ。今の暮らしぶりや、あいつの精神状態を確かめてから決めようと思ってな。パートナーがいるのなら、その相手との相談も必要だと思った。だが廻は君の存在を隠したし、あいつと話してみたものの向こうは俺に対して萎縮《いしゅく》するばかりで普段がどんな状態かいまいちよくわからないし、で、今こうして君と会っている」

「成程《なるほど》……」

棚澤にはそう言って頷くしかなかった。偕の用件はまったく予想外のもので、すぐには対応を思いつけない。

「とりあえず——その手紙っていうの、俺が見ても大丈夫なものでしょうか？」

とにかく、小倉の思惑を把握しなくてはいけない気がする。

万が一にも小倉が千野に未練を残していて、また危害でも加えるつもりなのであれば、棚澤にも何かしらの心構えや対応策が必要になるだろう。

偕はあまり気乗りしない風情《ふぜい》で頷いて、傍《かたわ》らに置いてあった鞄《かばん》から折《お》り畳《たた》んだ紙を取り出して棚澤に手渡してきた。何の変哲《へんてつ》もない縦書《たてが》きの便せんをコピーしたものが二枚ほど。

あまり達者ではないが丁寧《ていねい》な字で綴《つづ》られた文字に目を通す。最初に千野廻様という宛名。堅苦《かたくる》しい挨拶の後、これまで定職に就《つ》けず日雇《ひやと》いやパートタイムばかりだったが、ようやく正社員として雇ってくれる会社がみつかったという報告。

それから、あの時は本当にすまなかったという謝罪。

「……」

小倉の書いた言葉を目で追うごと、棚澤はきつく眉を顰《ひそ》めてしまうのを止められなかった。

『どう詫《わ》びる言葉を重ねても足りないと思います。俺は一生、罪を償《つぐな》い、一人で生きていくことを決意しています』

一生、とか、一人で、とか。

そんな文字がやけに目につく。

(……謝罪じゃないじゃないか、これは)

意図的《いとてき》なのか、あるいは無意識なのかまでは判別がつかない。だが、小倉の手紙は、詫びることで相手の心を軽くするどころか、罪悪感を煽《あお》って自分に対する同情をひこうとしているふうにしか、棚澤にはどうやっても読み取れなかった。

『どうか俺のことは忘れて、君は幸福な人生を歩んでください』

そんなふうに締《し》められた手紙を読み終え、棚澤は眉間《みけん》に皺《しわ》を刻《きざ》んだまま、向かいの偕に視線を向けた。

偕は相変わらず苦《にが》い表情をしている。棚澤も、相手が微妙な態度と言い回しでこの手紙を自分に渡してきた理由を悟《さと》る。

棚澤は手紙を裏返してテーブルに置いた。小倉の文字を見るのも嫌になった。

「俺だったらこんなもの破り棄てて、二度と手紙なんて送ってこないように、間違っても廻君に会おうだなんて思わないように、弁護士経由でプレッシャーかけてもらいますね」

「何かあった時の証拠として原本《げんぽん》は弁護士に預けておいて、思わず破り捨てても大丈夫なようにコピーを取っておいたんだ」

じゃあこれは今この場で破り捨てても構わないのだろうか、とついテーブル上の紙を眺めてしまうくらい、棚澤は胸くそが悪くなっていた。

「廻君に見せるかどうか迷う理由もわかりませんよ」

「弁護士の話だと、廻は相手の男に対して、ひどい罪悪感を抱いていたようだ。色恋が原因というなら、お互いあってのことだし、廻が自分にも非があると思い込むのもわからなくもない。もし廻がその罪悪感を今でも引《ひ》き摺《ず》っているとすれば――」

もし、などとつけなくても、千野がまだ小倉に対する罪悪感を引き摺っていることなんてわかりきっている。小倉に刺されたことを千野は笑って話すが、彼の性格からして、明るく振る舞えば振る舞うほど不自然で、それだけ心に抱《かか》えた傷が大きいということだ。

「こんなもの見せたら、廻君は余計《よけい》気に病むに決まってるじゃないですか」

それがなぜわからないのかと、棚澤は偕に対しても憤《いきどお》りを感じた。

責める口調で言う棚澤を、偕が真面目な顔で見返す。

「俺なら、『こんなくだらない奴に同情する価値なんてなかった』と、綺麗さっぱり忘れる切っ掛けにする」

言い切った偕に、棚澤は糾弾《きゅうだん》を続けようとした言葉を呑み込んだ。

代わりに、ささやかな溜息をつく。千野がこの兄の前でどうしても萎縮してしまうという理由が、何だかつぶさに把握できた気がする。

偕の意見は棚澤になら理解できるが、千野には無理だ。この兄弟は本当に対極過ぎる。

「――とは廻は思わないかもしれないから、きちんと様子見をした方がいいと言われたんだ」

棚澤の反応をどういうふうに読み取ったのか、偕が多少は言い訳がましい口調になった。

「弁護士にですか？」

「妻にだ。……元々、廻にもう一度会ったらどうかと勧《すす》めてきたのも彼女だ」

その結婚のために、千野が家族に見放された原因になった女性だ。結構な家柄だとか、何とか。

「案外恐妻家《きょうさいか》なんですね」

どうしても皮肉っぽい口調になってしまう棚澤に、偕が初めてはっきり苦笑を浮かべた。

「俺の結婚のことを廻からどう聞いているかは知らないが、多分そうじゃない。妻は確かに俺の上役《うわやく》の娘だが、違ったとしても俺は彼女と結婚した。ただ、廻が家にいるまま問題が大きくなっていたら、できなかったかもしれないのは事実だがな。妻の実家は、うち以上に世間体だのを気にする家だったから」

「……」

「だが彼女はそうじゃないし、そうじゃない彼女と家庭を持って……娘も生まれて」

言いながら、偕がポケットを探って取り出した携帯電話を棚澤に見せた。待ち受けに、その娘らしき、可愛《かわい》いらしい幼児の写真が設定されている。何とコメントすべきなのかわからず黙り込む棚澤に、偕がすぐ携帯電話をしまった。

自分の新しい家族について話す時の偕は、少し柔らかい眼差《まなざ》しになる。彼の妻はきっと優しい人なのだろう。

偕の口振りからして、妻も千野の過去、棚澤という男と同棲している現在まで承知の上で、兄弟が和解するよう勧めたようだ。そして偕はそれに後押しされて、弟に会いに来た。棚澤にも。

「それなりに幸福な家庭を持って、守るべき家族を手に入れて、自分や両親がどれだけ廻に対して酷《ひど》いことをしたのか、頭ではなく感情でようやく理解した。だから君が廻と家族同然の暮らしをしているというのなら、俺をどれだけ責めたいかというのも想像がつく」

そんなことを言われてしまえば、棚澤にはもう偕を責めることなどできなくなってしまった。その気も潰《つい》える。

やはり偕が本心で、自分がかつて弟を守らず、見放してしまったことを悔やんでいて、それを今取り戻すために精一杯の行動を取っているのだとわかるから。

「……せめて、今そう思っているってこと、この間来た時本人に説明すればよかったんじゃないですか。別に小倉さんの手紙をダシにしなくても、話せば千野だって喜んだだろうに」

「廻は綺麗な字を書くだろう」

「字？」

何をいきなり言い出すのかと、棚澤は疑わしい気分で偕を見遣《みや》った。話を逸らすにしても、脈絡《みゃくらく》がなさ過ぎる。相手の意図がさっぱりわからないので返答に困り、棚澤はとりあえず頷いた。

「まあ……そうですね、大学の時は見やすいノートを貸してもらって助かった覚えも」

「同じ習字教室に通わされたせいか、廻の字は俺の字とそっくりだ。名前を書いておかないと、メモ書きをどちらが書いたか、自分でもわからなくなったくらい」

「はあ……」

「廻が高校生の頃、あいつのノートを見たことがある。借りるものがあったか何かで、本人が不在の時に部屋に入ったら勉強の途中だったのか開きっぱなしのノートが置いてあって、懐《なつ》かしい単元をまとめていたからつい覗き込んで——几帳面《きちょうめん》に色分けだの要点のメモだのしてるノートの空《あ》いている部分に、綺麗な字で『死にたい』と何度も書いてあった」

「——」

「さすがに俺も動揺して、廻が帰ってきた時、悩みごとでもあるのかとそれとなく訊ねてみた。だがあいつは本当に、心から不思議そうな顔で、何もないと言った。そう言われた時、ノートに書かれた俺そっくりな文字が、思い悩んだ末の震える線でもなく、衝動的《しょうどうてき》な殴《なぐ》り書《が》きでもなく、丁寧《ていねい》で几帳面なトメハネで書かれていたのを思い出した。その時以来、俺は廻が自分の弟じゃなく、得体《えたい》の知れないおかしな生きもののように感じられることが、たまにだがあるようになった」

棚澤は相槌《あいづち》を打てず、ただ、以前自分が見た千野の姿を思い出した。

虚《うつ》ろな、どこも見ていない顔で包丁を手に取って自分の首に当てて、今にもその刃を引こうとしていた時。愕然《がくぜん》として止めた棚澤を、不思議そうな顔で見返した。

よくあることだから大丈夫だ、とそう言って。

「だから俺は廻を気に懸《か》けることをやめた。家で顔を合わせてもほとんど話をしなくなった。男の恋人に刺されたと知った時も、なぜ自分の弟がそうなのかと理解できなかった——しようとすることができなかったというのか。おそらく、自分に理解できないものがこの世にあることが、それが自分の弟だということが、怖かったんだろうな」

怖いものなど何ひとつないという雰囲気の偕の言葉に、棚澤はやはり反応できない。

棚澤も、死のうとした千野が怖いと思った。「おまえが近づけば死ぬ」と言ってベランダから飛び降りようとした千野の姿は、今思い出しても怖ろしい。だが怖がる理由は偕とは違った。棚澤にとっては、千野が死のうとしてまで自分を拒《こば》んだこと、千野が目の前から消えてしまうかもしれないということだけが、ただただ怖かった。

今でも、料理の時以外は千野の目につかないところに包丁を隠し、千野がベランダに出る素《そ》振《ぶ》りをすれば冷や汗を浮かべてしまうほど。

「――こんな話をしておいて信じてもらえるとも思えないが、それでも俺は昔から廻のことを嫌いではなかったよ」

今も肝《きも》の冷えるような気分を味わう棚澤に、偕がそう言葉を続ける。

「あいつは気が優しくて、頭も悪くない。なのに小心《しょうしん》で控《ひか》え目《め》すぎることが不満だった。もっと自信を持たせたくてあれこれ口出ししていたが、廻にとってはプレッシャーにしかなっていなかったんだろうな。妻に叱られて初めてわかった。俺を叱る相手なんてこれまでいなかったから、自分の言動が相手によっては威圧感を感じるようなものだとか、考えたこともなかったが」

叱られて知ったという割に、偕の態度からはあまり神妙《しんみょう》さのようなものは見られなかったが、それでも後悔の念だけは棚澤にも感じられる。

本人の言うとおり、偕は千野と一緒に暮らしていた頃、なぜ弟が『小心で控え目すぎる態度』になっていたのか、ちっとも理解していなかっただろう。

（もしかしたら今も）

たとえば偕が千野を嫌い、意図的に傷つけようと酷い言葉を吐き棄てたり、蔑《さげす》むような人間性だったら、むしろ千野はああまで萎縮しなかったのではないだろうかと棚澤は思う。善《よ》し悪《あ》しは別にして、千野は他人と関わらずに生きていける人間だ。自分に害を与える相手から、それ以外のしがらみをすべて捨てて逃げるという選択肢《せんたくし》を持っている。

けれども偕にせよ――小倉にせよ、相手からの働きかけがなければ自分からは逃げ出すことを考えられなかったのは、相手が千野に好意や愛情を持っていたせいだろう。

（……千野の方も）

俺がいい例だ、と自嘲《じちょう》気味に棚澤は思い出す。

一方的に相手を逃げ場に選んで縋《すが》った棚澤を、千野は受け入れてくれた。普通に考えれば、突然押しかけてきて勝手に居座る自称友人なんて、叩き出されたって警察を呼ばれたって不思議じゃないくらいなのに。

「昨日も、俺と目も合わせようともしない廻を見て、俺とあいつは一生相容《あいい》れないのかもしれないと思った。自分が廻からまったく信頼されていないということにも改めて衝撃を受けて、二の句が継《つ》げずにそそくさと退散した。だが俺も二度廻を見捨てる気はないから、君の為人《ひととなり》を直接確認した上で、あれやこれやと対処しようと考えてここまで来た」

つまり、棚澤が最初に警戒していたとおり、偕は万が一棚澤が小倉と同様に弟を傷つけるような人間であれば、引き離すつもりでやって来たのだろう。

同時に、ひょっとすると、弟の一番身近にいる恋人と接触することで、弟を理解したいという希望も抱《いだ》いて。

「手紙について報《しら》せてくれたということは、俺のことをそれなりに信頼していただけたと思っても？」

こちらの態度や回答について、全部試されていたのだと薄々察していたが、棚澤はこれに関しては特に不快に思うこともなく偕に訊ねた。偕が千野のことを思って行動したというのなら、棚澤には腹を立てる理由がない。

偕が小さく頷いた。

「話ができてよかったと思う。小倉のことも、俺や両親のことも、廻のために怒ってくれたのを見て安心した。君が一緒にいるというのなら、廻は大丈夫なんだろう」

そう言って、偕が残ったコーヒーを飲み干した。棚澤はただ苦笑を浮かべて頷く。信用してくれたことに対して礼を言うべきなのか、判断がつかなかった。

「休み時間を潰して悪かったな。だが助かった、その手紙は君の方で処分するなり、保管するなり好きにしてくれ」

偕が伝票を持って立ち上がった。

「威張《いば》るほどの額じゃないが、ここは奢《おご》らせてくれ」

「ご馳走様《ちそうさま》です」

揉《も》めるほどの額ではないので、棚澤は素直に礼を言った。煩わしいやり取りを避ける棚澤を見下ろして、偕が軽く笑う。

「何かあれば——廻のことでも、小倉のことでも、君のことでも、俺で役に立てるようならいつでも連絡してくれ」

そう言い残して、偕が店を出ていった。

棚澤は知らずに張っていた肩から力を抜いて、大きく溜息をつくと、すっかり冷めたコーヒーの残りを口に運んだ。

◇◇◇

「ただいま——」

その日の仕事を終えてマンションに戻り、いつもどおりリビングのドアを開けた棚澤は、パソコンの前に千野がいないことに少し首を傾《かし》げた。靴は玄関にあったから出かけているわけでもないだろう。

姿を探して、ソファに荷物を投げ出しながら視線を廻らせた棚澤は、キッチンにぼんやり立ち尽くしている千野をみつけてぎくりとなった。

千野は中身も電源も入っていないコーヒーメーカーの前で、何も見ていない虚ろな眼差しをして佇《たたず》んでいる。

咄嗟《とっさ》に、棚澤は彼の周り、特にシンクの辺りを見回した。いつもどおりきっちり片づけられているのを確認して、大丈夫だと自分に言い聞かせる。大丈夫、千野が自分自身を傷つけられるような道具は置いてない。

「千野、ただいま」

わざとスリッパの音をいつもより大きく立てて、棚澤は千野の方へとゆっくり近づいた。

「……ああ……おかえり」

虚ろな表情のまま、千野が棚澤を振り返って応える。

棚澤は千野のすぐそばまで歩み寄って、死人のような目をしている千野の瞼《まぶた》に、小さく音を立てて唇をつけた。

千野がじっと棚澤をみつめた。棚澤も相手の目を覗き込む。

「大丈夫か？」

訊ねても千野は動かない。棚澤はそのまま相手の体を抱き締めた。

「……」

根気《こんき》よくそのまま千野を抱き締め続けると、強《こわ》ばっていた相手の体がゆっくりと自分の方へ体重を預けてくる感じがしたので、少なからず安堵《あんど》する。

「……ちょっと、考えちゃって」

棚澤に凭《もた》れながら、千野が小さな声で呟いた。

「兄さんのこと……やっぱり、何で急に来たのかとか……昔のこと思い出したり」

「お兄さんと、一緒に暮らしてた時のこと？」

訊ねた棚澤に、千野が頷き。

「家にいた時から、学校はどうだとか、調子はとか、そういうこと一切聞かない人だったんだ。俺に興味なかったんだと思う。兄さんに話しかけられるのは何か叱ることがある時くらいで……俺は怖くて、自分から兄さんに話しかけるのなんて、無理だったし」

棚澤は偕の前でそうだったように、千野の話を聞いても、どう相槌を打っていいのかすぐには決めかねてしまう。

「……昨日は、世間話みたいなこといきなり言われて、つき合ってる人はいないのかとか、多分兄さんにしては含みもなく訊ねてきて……や、兄さんも小倉さんのこと知ってるんだから、含みはあって……俺のそういうのがまた問題になるようなことがあるのかな、それとも単に、実の弟がそういう性癖だっていうだけで不愉快だとか……」

話す途中から、千野の声は棚澤への説明というより、ほとんど独り言のような調子になっている。

「棚澤にまで……迷惑かけるようなことになったら……どうしよう……」

棚澤が目の前にいるのに、千野の口調はやはり独り言の響きだ。

自分自身の考えと感情だけに囚《とら》われて、身動きができなくなっている様子だった。偕に対する劣等感ばかりではなく、棚澤に対する罪悪感まで抱えてしまっている。

よくない徴候《ちょうこう》だと、棚澤は自分がそばにいることを思い出させるように、千野の体を抱く腕に少し力を籠《こ》めた。

「誰にばれようが、俺はむしろ見せびらかしたい質《タチ》だからいいって言ってるだろ?」

わざと笑いを含んだ声で言う。少しでも千野の気分を軽くしてやりたくて。

「悪いことだとも恥ずかしいことだとも思わない。履歴書の家族構成欄を書き直したって構わないと思ってるよ。うちの社長だってさ、そんなことくらいで下《した》っ端《ぱ》社員を切るような冷血漢じゃないし、そういう薄いつき合いはしてないし」

「……そっか」

千野の返事にも笑いが――困ったような苦笑が滲《にじ》んだことに気づいて、棚澤は自分の失敗を内心で罵《ののし》った。

これでは千野の家族を冷血漢だと言ってしまったようなものだし、千野の人間関係が薄いと言ってしまったようなものだ。

棚澤は偕の話を聞いたばかりで、彼に千野を見捨てる気は、少なくとも今はないということを知っていたから、迂闊《うかつ》に出た台詞だった。

(千野が思ってるほど、偕さんは血も涙もない厳格《げんかく》すぎる完璧な兄ってわけじゃないのに)

むしろ偕は偕でひどく不器用な男だと思う。抱えている性格上の問題の大きさは、棚澤から見れば兄も弟もどっこいどっこいだ。

いっそそのことを千野に全部説明してやりたいが、そのためには偕が昼間棚澤を訪ねてきた理由を話さないわけにはいかないだろう。

(小倉さんのことは、できればまだ言いたくない)

たとえ偕への誤解が解けたとしたって、今度は小倉への罪悪感に苛《さいな》まれるようになっては、単に千野の失調《しっちょう》する原因がすり替わるだけだ。

「千野、こっち見て」

棚澤は相手から少し体を離すと、そう呼びかけた。千野がのろのろとした動きながらも、伏せていた目を棚澤の方に向けた。

「仕事でちょっと疲れたの、慰《なぐさ》めてくれないか?」

言いながら千野の手を取り、自分の頭に乗せて、撫《な》でさせる。千野は強制されなくてもその頭を撫でつつ、心配げな表情になって棚澤の顔を覗き込む仕種になった。

「やっぱり棚澤の会社、忙しすぎないか？　あと一人くらい増やすって言われて、そのまんまなんだろ？」

千野の目の焦点がきちんと合って、自分の方に向いていることを確認すると、棚澤は千野から手を離した。千野はまだ棚澤の頭を撫でている。

「社長が選り好《えごの》みするタイプだからな。こき使われて可哀想だろ、もうこうやって千野と仲よくしてる時だけが安らぎなんだから――」

自分も千野の髪を撫でながら、棚澤はまた相手の目許、それから頬や唇にも音を立ててキスをした。

そのうち唇へと重点的に触れるようになり、啄《ついば》む動きから深く触れ合う動きに変わる頃、棚澤も千野も相手の髪以外の場所、頬や首や背中を熱心に撫でるようになっていく。

最初はほとんど千野を宥《なだ》めて、気を逸らすための動きだったが、途中から棚澤自身の欲望が混じり始め、千野が応えてくれた様子で止まらなくなった。

「……好きだよ、千野」

耳許に唇を動かして囁くと、震えを堪《こら》えるような動きで千野がぎゅっと棚澤の背を強く抱く。

「俺も……好き……」

小さな声で、だがはっきりと応えてくれる千野が棚澤には嬉しい。

きちんと自分を見て、自分に触れて、気持ちを伝えてくれる千野に安堵と愛《いと》しさの入り交じった気分を感じながら、棚澤は寝室やソファに移動する時間すら惜《お》しく、相手の服を脱がせにかかった。

3

棚澤《たなざわ》が丹念《たんねん》に相手の体を暴《あば》く間、千野《せんの》の方も同じくらい丁寧で、熱心な仕種《しぐさ》でそれに応《こた》えた。

キッチンからソファに移り、風呂場に移動して、最終的にはベッドに辿《たど》り着《つ》く間、千野は棚澤だけを見て、お互いの愛情と快楽を高めることだけに腐心《ふしん》しているようだった——いつも通り。

棚澤もすっかり夢中になって、長い時間をかけて千野と交わった後は、疲れ果てて身動きを取るのも面倒《めんどう》なほどだった。

ベッドの隣で横たわる、と言うより倒《たお》れ臥《ふ》した千野も同じような状況だったが、寝入った顔はどこか満足そうで、不安や不満の欠片《かけら》も見当たらず、棚澤はそれで自分も安心して眠ることができた。

翌日棚澤の腕の中で目を覚ました時も、千野は棚澤と視線を合わせて照れ臭そうに笑い、比較的安定した態度でベッドから抜け出し、おかげで棚澤はそう未練を残さず会社に向かえた。

それでも千野を一人にしておくのが心許《こころもと》なく、できるだけ早くマンションに戻りたいと思うのに、会社は忙しくなる一方で、数日間ひどい残業続きになった。

自分ばかりが仕事を押しつけられるのならば適当なところで切り上げることもできただろうが、他の社員たちは泊まり込みで作業することもあったので、棚澤も終電ギリギリまでそれにつき合うしかない。

「千野、コーヒー飲むか？」

今日も終電で帰宅して、終わらなかった仕事をダイニングテーブルで続ける合間、棚澤は千野に声をかけた。紙の資料を広げる必要があるからと、最近は寝室ではなくダイニングで持ち帰りの仕事をしている。

本音は、少しでも千野の姿が見えるところにいたいからだった。

「千野？」

千野は棚澤に背を向ける格好《かっこう》で、自分の作業机に向かっている。パソコンを立ち上げてはいるが、しばらく前からキーボードを叩く音も、マウスを操作《そうさ》する音も途切《とぎ》れっぱなしだった。

そして数度呼びかけても返事がない。棚澤は椅子から腰を上げ、千野の方へ歩み寄った。

「……」

その横顔を見て、もう一度呼びかけようとした唇の動きを止める。

千野は光るモニタをただ眺め、瞬《まばた》き以外は身動《みじろ》ぎもせず固まっている。深く、暗いところに沈んだ思考を一人で追いかけているのがわかる無表情。この無表情が棚澤には怖い。辛《つら》そうでも悲しそうでもないのに、このままふらっと立ち上がり、ベランダに出て何の気もなく飛び降りそうな雰囲気。

　そんなことはもうしないと千野は約束してくれたし、棚澤も千野が自分を置いて死んだりしないと信じたい。でも信じ切れない。千野の意識は『せめて道連れにする』約束を覚えてくれているかもしれないが、無意識の方は忘れてしまっているのではないかと。

　自分の前から千野がいなくなるという想像にぞっとしながら、棚澤はそっと相手の肩に両手を置いて、耳許に唇を近づけた。

「廻《めぐり》君」

「うわっ!?」

　囁くように名前を呼ぶと、肩を押さえていたのに、千野が椅子から飛び上がるような動きになって、勢いよく棚澤を振り返った。

「な、な、何、急に……」

　さっきまで真っ白だった顔が、耳まで赤くなっている。

　棚澤はことさら声を上げて笑った。

「驚きすぎだろ」

「お……驚くよ、いきなりそんな、名前とか呼ばれたら」

「ごめんごめん、ちょっと呼んでみたかったんだ」

「……変な汗かいた……」

千野は赤くなった頬を手の甲で押さえている。大袈裟《おおげさ》な、と棚澤はそんな千野を笑い飛ばした。千野が、ぼんやりしていたせいで急に声をかけられて驚いたというより、唐突に下の名前を呼ばれて驚いたという認識になっていることに内心ほっとする。棚澤もそのつもりで、呼び慣れない名前を口にしてみたのだ。

「廻って珍しいけど、いい名前だよな」

「うーん、嫌いじゃないけど、絶対一発じゃちゃんと読んでも書いてももらえないしなあ」

ぶつぶつと呟く千野は、普段通りの様子に戻っている。さらに安堵《あんど》しながらも、何ごともなかったかのような態度に戻った千野に対して、棚澤はより強い懸念《けねん》を抱《いだ》いてしまった。

(時間かけて、ゆっくり、千野のこと安心させてやりたい)

自分が千野を失うことを考えるのも怖かったが、棚澤には、千野が辛い気分を味わっていることの方が嫌だった。ずっと、今みたいに笑ったり、ちょっと困ったみたいに眉を寄せたり、そういう、偽《いつわ》らない感情を表に出して、楽にしていてほしい。

(前に千野に辛い思いをさせた分、助けてもらった分、今度は俺がちゃんと)

改めて、自分がしっかり千野を支えてやらなければいけないと、棚澤は自分に言い聞かせる。

「あれ……棚澤、何か、顔赤くないか？」

ようやく赤面が治まったらしい千野が、少し訝《いぶか》しげに言いながら棚澤のことを見上げてきた。

「ん？　赤くなってるのは廻だろ？」

「え、そ、そんなことないだろ……っていうかまた……」

千野が再び目許を赤くしている。その様子が可愛《かわい》くて、棚澤は千野の目許を指先で擦《こす》った。

「赤くなりすぎ」

「……棚澤に呼ばれると変な感じなんだよ、何か」

落ち着かない風情《ふぜい》で目を逸らした千野に笑った拍子《ひょうし》に、棚澤は軽い眩暈《めまい》を感じて眉を顰《ひそ》めた。

「棚澤？　眠たいのか？」

仕種に気づいた千野が再び棚澤に視線を戻し、棚澤は小さく首を横に振った。拍子に頭に痛みが走る。

(まずいな、ここんとこちょっと怠《だる》い感じだったの、誤魔化《ごまか》し誤魔化しきたけど)

連日の忙しさのせいで疲れが溜まってなかなか抜けないなと思ってはいたが、意識してみれば、体が妙に怠くて重たい。先刻千野に「顔が赤い」と言われたのは、熱があるせいかもしれない。

「……棚澤？」

指先で自分の額《ひたい》へ触れる仕種をする棚澤に、千野が不安げな声で呼びかけてくる。

触った額は思ったより熱い。棚澤は軽く溜息をついた。

「どうも熱っぽい気がするな。今日は早めに寝ておく」

無理をして倒れる方が周りに迷惑がかかると心得ているので、棚澤はさっさと寝てしまおうと決意した。

睡眠ですぐ回復するだろうと、気軽な声音で言った棚澤は、だが自分を見上げる千野の顔が、調子の悪い自分よりも恐らくはるかに蒼白《そうはく》になる様子を見て驚いた。

「具合、悪いのか？」

強《こわ》ばった声で訊《たず》ねられ、反射的に棚澤は笑ってもう一度首を振る。

「ちょっと疲れただけだって、寝れば治るから。千野は急ぎの仕事があるんだっけ？　でもほどほどにして、おまえも早く寝ろよ」

笑ったまま告げると、棚澤は不安げな顔をしている千野の額に接吻《くちづ》けて、寝室に向かった。

自分で思っていたよりも相当疲労が蓄積していたらしく、ベッドに潜《もぐ》り込《こ》むなり、棚澤は眠気に体を押さえつけられるような、深い眠りに落ちた。

◇◇◇

朝までぐっすり眠ればよくなるだろうと思っていたが、しかし夜中にふと目を覚ました時の棚澤の体調は、最悪な状態になっていた。辛くて眠り続けていられなかったのだ。

（八度三分《ぶ》……）

近年見たことのない高熱に、体温計の表示を見てそっと溜息をつく。ついでに、軽く咳《せ》き込《こ》んでしまった。

「何度だった？」

横たわったまま熱を測《はか》っていた棚澤の額に触れながら、ベッドのそばに腰を下ろしていた千野が訊ねてくる。棚澤が頭痛と吐き気のせいで目を覚ましてしまった時、千野がちょうど様子を見に寝室に現れて、呼吸の荒くなっている状態を見ると熱を測るよう体温計を押しつけてきたのだ。

「ん、七度ちょっと」

答えた棚澤の声は、いかにも風邪ひきが出す掠《かす》れたものだ。

「……もうちょっとあるだろ、体、熱いし……」

随分鯖《さば》をよんだ棚澤の返事を、千野はまったく信用していないようだった。棚澤が体温計をケースにしまってデジタル表示を消してしまう前に、それを取り上げて、先刻以上に真っ青な顔色になる。

「どうしよう、うち、薬の買い置きとか全然ないから……そうだ、夜間診療とか」

「いや、大袈裟だって、それは。朝まで寝てれば大丈夫だから」

「でも」

さらに言《い》い募《つの》ろうとした千野は、再び咳き込んだ棚澤を見て口を噤《つぐ》んだ。

心配をかけたくないから平然としていたいのに、棚澤は咳《せき》が止められない。どうやら本格的に風邪をひきこんだらしい。自分でも、この熱と怠さがあと数時間後の夜明けと共に消え失せてくれる気がしなかった。

「大丈夫だから、千野も寝な」

それでもどうにか笑って見せる棚澤に、千野が首を振る。

「俺は、明日までにやることがあるから」

「そうか、無理するなよ……」

我ながら説得力のない台詞《セリフ》だと思いつつ、棚澤は半分無意識に目を閉じた。眠気というよりも熱のせいで起きていることができない。

少しの間うとうとして、目を覚ました時には、ついていたはずの部屋の灯《あか》りが消えていた。千野は仕事に戻ったのかと思いながら寝返りを打つと、すぐに枕元に人の気配がやってくる。

「——どうした？」

囁き声に呼びかけられて棚澤は驚いた。千野はダイニングには戻らず、暗い部屋の中で、じっと棚澤の様子を見守っていたらしい。返事をしようとしたのに、喉《のど》が詰《つ》まって棚澤は上手く声が出せない。そんな棚澤の額に触れてきた千野の指先が、ぎょっとするほど冷たかった。

棚澤の体温が高すぎるとしたって、千野の手はまるで氷枕並に冷たく感じる。

「汗、すごいな、着替えよう」

自分のものではないような重たい棚澤の体から、千野が寝間着《ねまき》を脱がせ、新しいものと替えさせた。

「仕事……あるんじゃないのか？」

掠れた声を絞《しぼ》り出《だ》して棚澤は訊ねる。それだけで咳き込む棚澤を見て、千野が変に思い詰めた顔になり首を振った。

「そんなのより、棚澤の方が大事だよ」

明日までの仕事があるからというのは、寝ないための口実だったのだろう。千野の答えに、棚澤は宥《なだ》めるように相手の腕に手を伸ばして、軽く触れた。やはり千野の手は冷たい。着替えの途中で触れられている時はそれが少し気持ちよかったが、今は棚澤だって心配なだけだ。

「駄目だろ、それじゃ。仕事はちゃんとしないと。横倉伝手《よこくらづて》のもあるんだろ？　仕事するか、ちゃんと寝るか……」

「でも仕事なんかより、棚澤が」

千野にしては珍しく強情に言い張って、その場を動こうとしない。

まるで死にかけの重病人でも看取《みと》る風情《ふぜい》の千野に、棚澤は微《かす》かに溜息をついた。こうなれば、一刻も早くよくなって、千野を安心させてやらなければならない。自分がしっかりしないと、と決意した矢先にこの調子なのが、我ながら情けなかった。

「……ごめんな、心配かけて」

気づけば窓の外がもう白《しら》み始めている。千野はきっと一睡《いっすい》もしていない。最近は大体棚澤と同じサイクルで生活していたから、昼間に睡眠を取っていたわけでもないだろう。——棚澤がそばで抱いていないと、上手《うま》く眠れない様子でもあった。

「いいよ。辛いのは棚澤だろ」

笑おうとしているらしいのに、千野はやはりどこか思い詰めた、今にも泣き出しそうな顔をしている。

「……棚澤だけいればいいんだ」

消え入りそうな声で言いながら、千野が棚澤の指先をぎゅっと握り締めた。

「他の誰とも、家族とも、完全に縁が切れたって、俺には棚澤だけいればそれでいい。だから……棚澤は、いなくなったりしないでくれ」

「……。大袈裟だなあ。ただの風邪だぞ?」

上手く笑っている声が出せますようにと、願いながら棚澤は千野に答える。願い通りちゃんと明るい声が出せたのに、千野を笑わせることはできなかった。

「朝になったら、病院行って、注射の一本も打ってもらえばあっという間だよ。基本が頑丈《がんじょう》なんだ。社長には、このまま人を増やさなければ辞めてやるって、脅《おど》しかけてやるから……」

言い聞かせるような棚澤の言葉に、千野がいちいち小さく頷いている。

「——な、手許が寂しいから、一緒に寝てくれないか?」

千野に風邪をうつしてしまうかもしれないということには無理矢理目を瞑《つむ》り、棚澤はそうねだった。千野はこれにも頷いて、棚澤の隣へと布団に潜り込んでくる。

擦《す》り寄《よ》ってきた千野を抱き締めると、手だけではなく、体中が冷たい。まるでひどい貧血を起こしているみたいだった。

氷枕を抱いている気分で、棚澤はもう少しの間眠っていようと、目を閉じた。

◇◇◇

夜が明けて、病院の開く時間まで待つと、棚澤はベッドを抜け出した。

千野がそばにいることで棚澤自身も安心したのか、数時間ぐっすりと眠れて、起きた時は熱も少しましになっていたが、完治とはまだ言えない。

会社には遅れそうだと連絡したら、『今日は出社しなくてもいいからきっちり治して出てこい、無理して出てきて俺たちにうつしたら呪《のろ》うぞ』と休暇を申しつけられたので、ありがたく従《したが》うことにする。

「一緒に行かなくて、大丈夫か？」

病院に行くため身支度をして出かけようとする棚澤を、千野が玄関まで追いかけてきた。

「タクシーで行くから大丈夫だよ。千野は仕事、終わらせろよ？」

千野も朝まで棚澤と一緒に眠っていた。睡眠が取れた様子に棚澤はほっとしたが、結局今日までに終わらせなければならないという千野の仕事は、ゆうべ手がつけられず終《じま》いだっただろう。

宣言どおりタクシーで一番近い病院に向かい、受付をすませて診察を待つまでの間、棚澤は待合のソファに深く凭《もた》れて目を閉じた。

思い出すのは、ゆうべの千野の状態。

(根本的に、まだ全然駄目なんだな……)

千野は棚澤がいれば、他の何も要《い》らないと言った。突然会いに来た偕《かい》のせいで色々と考えることがあるのだろうが、その結論がそうなのかと思うと、棚澤には少し悲しい。

(大学の頃も、あんなふうだったっけか?)

思い返してみても、心当たりはない。陸上部での千野は楽しそうだった。残念ながら試合で活躍できるほどの選手ではなかったが、逆に言えばそれでも活動を続けていたのは、勝ち負けを競《きそ》う以外の楽しみを見出していたからだろう。

(小倉《おぐら》先輩のことがあるまでは、飲み会にも普通に顔出してたし――)

その時のことを思い出していた棚澤は、ふと気づく。

練習の時も、コンパの時も楽しそうだった千野。その様子を棚澤が見ていたのは、いつも千野がそばにいたからだ。

（……俺がいたから……か……？）

千野は大学時代に、棚澤のことが好きだったと打ち明けてくれた。

もし、自惚《うぬぼ》れではなく、千野が棚澤のそばにいることを何より幸福だと思ってくれていたのなら、棚澤の知る千野がいつも楽しげだったのは、当然なのかもしれない。

「……」

目を閉じたまま、棚澤は少し背筋にぞくぞくと震えを感じた。熱のせいじゃない――どこか覚えのある感覚。

千野に触れて、ベッドで乱れている姿を見た時に感じるものと、同じような震え。

（……千野にわざわざ俺以外の人間と関わらせることなんて、必要なのか？）

千野が自分の他には誰も要らないと言った時、棚澤は悲しかった。人はそれじゃ生きていけない。プライベートにせよ仕事にせよ、誰かと関わって、影響しあって、それで暮らしていくことに意味があると、少なくとも棚澤は思っていた。

けれども。

（千野自身が他人と関わることを苦痛だと思っているのに、無理矢理外の世界を見せるなんて本当に必要か？）

病院は混み合い、棚澤の名前はなかなか呼ばれず、待合のソファに座る間に熱が上がってきた気がする。少し靄《もや》がかってきた棚澤の脳裡《のうり》に、ふと横倉と会った時の会話が浮かんだ。

『千野はちょっと、危なっかしいからなあ。どうも変なのを引き寄せる空気があるっていうか』

千野はずっと棚澤を好きだったと言いながら、小倉や、横倉とも関係を持った。

棚澤にそれを責める気はない。想いを告げられたのに断った自分が今さら過去を詰《なじ》るなんて、そんなのお門違《かどちが》いだ。

(でも)

——ベッドの上の千野が他の人の目に触れることを考えるだけで、もうおかしくなりそうだ。

(あんな姿、誰にも見せたくない)

千野が上げる声も、触れる動きも、触れられて起こす反応も、何もかもが自分だけのものだと、熱以外の何かが体の奥にこびりつく感じと共に棚澤は強く思う。

別れた妻が他の男と——という事態が訪《おとず》れた時は、それでも引き下がれた。最低な精神状態になって、傷ついたし、自暴自棄《じぼうじき》にもなったが、最終的には他に想う人があるならと諦めることはできた。未練より嫌悪《けんお》が先に立ったせいもある。なけなしの愛情を取り戻そうとすることより、そのせいで自分が道化《どうけ》になることへの抵抗が強かったから、できるだけ綺麗に別れたつもりだ。

(でも千野は、無理だ)

万が一にも、千野が自分以外の男を好きになったと告げてきたら、なんて。

(……考えつかない、そもそも)

誰かが千野に横恋慕《よこれんぼ》して無理矢理、などという最低最悪なシチュエーションを思い浮かべて架空《かくう》の相手を絞《し》め殺《ころ》したい気分にはなるが、千野が自分以外の人間を選ぶなどという状況が、棚澤には思い浮かべられなかった。

千野が心変わりすることなんて、あり得ないと完璧に信じている。

(……あれ、そういう話だったっけ?)

どうも思考が散漫《さんまん》すぎて、そもそも思い悩んでいた部分と違うところに辿《たど》り着《つ》いてしまった。

(だから、千野が俺以外を必要としていないことが、問題じゃないかって考えていたんであって……)

痛む頭を押さえながら、棚澤は瞑《つむ》っていた瞼《まぶた》を開いた。このままではソファで寝落ちて、ろくでもない夢でも見そうだ。こんな体調で考え込むのもよくない。

気を紛《まぎ》らわせようと、棚澤はソファのそばにある雑誌立てに視線を移した。主に婦人向け週刊誌が並ぶ中、ふと、特集雑誌の見出しが目についた。生活情報誌の別冊とかいう本。

最初は何となく手に取り、ページを繰《く》るうちに、段々記事を見る目が真剣になってくる。

「……」

「棚澤さーん、棚澤靖之《やすゆき》さん、一番の診察室にお入りください」

半分ほどその雑誌を読み耽《ふけ》った頃、ようやく看護師に名前を呼ばれた。棚澤は雑誌のタイトルをしっかり頭に刻《きざ》みつけてからそれを雑誌立てに戻し、診察室に向かう。

医者に今流行《はや》りの炎症性疾患《えんしょうせいしっかん》、要するに風邪ですねとわかりきった診断を下されてから、処方箋《しょほうせん》をもらい、病院を後にする。

病院そばにある薬局の隣がちょうど本屋だったので、薬を受け取るついでに棚澤はその店に寄り、覚えておいた雑誌を買ってから再びタクシーでマンションに戻った。

「おかえり——どうだった？」

玄関に入ると、千野が廊下で待ち構えていたのではと疑う素早さで棚澤の前に現れる。

「薬飲んで、熱が下がるまで大人しくしてろってさ」

「雑炊《ぞうすい》作っておいた、食べられるか？」

「……愛を感じるなあ……」

靴を脱いで廊下に上がった棚澤を、千野が支えてくれる。支えがなくては歩けないほどには弱っていなかったが、ありがたく支えられながら棚澤はしみじみ呟いた。

「ご、ごめん、レトルトに卵入れただけなんだけど」

「その一手間《ひとてま》が愛情」

食にまったく関心のないらしい千野は、棚澤が料理を請け負《うお》うようになるまで、レトルト食品か出来合いの総菜《そうざい》か弁当だけで生きてきたという。弁当を温めるのも面倒で冷めたまま食べる千野が、自分のためにレトルトであろうと食事を温めて、その上栄養を考慮《こうりょ》して卵まで投入してくれたというのだから、棚澤は少し感動すら覚えてしまう。

棚澤はダイニングテーブルで食事を取るつもりだったが、千野の命令、というより懇願《こんがん》でベッドに入った。

千野の手により家中の枕とクッションを敷き詰められたベッドに凭れて、雑炊を冷まし冷まし口に運ぶ棚澤の様子を、千野はどこか悲愴《ひそう》な顔つきでみつめている。

「——そうだ、千野、そっちの本屋の袋取って」

「え、あ、うん」

千野が言われたとおり、薬局の袋と共に床へ置かれていた書店の紙袋を手に取った。手渡そうとするのを制して「中開けて」と棚澤が促《うなが》すと、千野が中から雑誌を取り出し、そのタイトルを見て眉を顰《ひそ》めた。

『自分の墓・賢《かしこ》い選び方』

困惑した様子で、千野は雑誌と棚澤の顔を見比べている。

「おまえ、ただの風邪だって……」

不安に顔を曇《くも》らせる千野に、棚澤は仕種で雑誌をめくるよう仕種で促した。千野が動かないので、自分でページを開く。

「ざっと相場《そうば》見てみたら、大体、そこそこの結婚式費用と新しく墓地《ぼち》の一画《いっかく》買うのと、同じくらいなんだよな。立地によっては墓の方が全然高くなることもあるみたいだけど」

「う、うん……?」

棚澤が指で指す価格表の辺りを、千野がわけもわからない風情ながら見下ろした。

「だから墓を買おう」

「えっ？」

大きく目を見開いて、千野が再び棚澤を見上げる。

「俺は千野を残して死ぬ気はないし、千野に置いてかれるつもりもないけど、あと四、五十年もすれば平均年齢からすればまあ二人とも死ぬだろ。そうしたら、一緒の墓に入ろう」

「……」

「もしかしたら一、二年の誤差《ごさ》が出るかもしれないけど、先に死んだ方が墓で待ってるって考えたら、そうそう寂しくはないだろ。年寄りになってからの一、二年なんて、あっという間だろうし」

「……」

「つまりこれは、あの世でも一緒になろうっていうプロポーズなんだけど」

千野はぼんやりした顔で棚澤をみつめている。

最近よく見かけて棚澤を不安にさせる空《から》っぽの眼差《まなざ》しではなく、突然の提案と、それによって湧《わ》き起《お》こった感情をどう処理していいのかわからないという、そんな表情だった。

「た……棚澤家では、プロポーズの時は、墓を準備してからじゃないと言わない主義とか……？」

千野は大分《だいぶ》混乱している様子だ。

「どんな主義だよ。元嫁にだって、墓の話なんてしたことないぞ。考えたこともなかったし」

風邪じゃ死なないとか、ただ一緒にいたいとか、そんな言葉だけでは千野を安心させてやれないと思ったのだ。

千野は永遠を信じていなかった。結婚して子供を産んでという形ならありかもしれないとは言っていたが、その結婚を、棚澤は失敗している。周りに認められた関係すら終わりが来るということを、自ら証明してしまっている。

だったら、もっと先の約束で証《あかし》を立てるしかないと思った。

「結婚とか、子供とかは無理でもさ。気持ちは変わらないし、俺は千野を一人にしないって約束を絶対守るつもりで、千野もそうしてくれるってわかってるけど、それでも何か形があった方が嬉しいだろ」

言いながら、棚澤は手にしていた雑炊入りの茶碗《ちゃわん》とスプーンをサイドボードに置いて、代わりに千野の左手を両手で取った。

「千野が指輪なんかの方がいいって言うなら、それも準備するけど」

千野は棚澤の顔から、自分の手を握るその手に視線を落として、小さく啜《すす》り上《あ》げるような仕種をした。

「……墓地の方がいい」

小さな声で応えた言葉に、棚澤は前の結婚でそれを受け入れてもらった時よりも、さらに強い喜びを感じて笑った。

触れるうちに熱を取り戻してくる指先をぎゅっと棚澤が握り締めると、千野も嬉しそうな、何となく照れたような顔で棚澤をまた見上げる。やはり少し目が潤《うる》んでいる。

「でも墓って、俺と棚澤とどっちの苗字《みょうじ》になるんだろ?」

「最近じゃ家名を入れずに、『愛』とか『夢』とか入れるのが結構あるらしいぞ。あとその人にまつわる絵とか、詩とか」

「……ポエムはきついな……」

それから二人して、雑誌に載っている墓のデザインや価格や立地について吟味《ぎんみ》したり、墓標《ぼひょう》に刻む言葉や、宗派《しゅうは》による形式について話し合ったりして時間を過ごした。

半分以上はまだ好き勝手に希望ばかりを出し合う夢の段階だったし、あまり浮かれた気分で話す内容でもないはずだったが、棚澤も、千野も、随分と楽しく相談を続けてしまった。

◇◇◇

気分が明るくなったせいか、医者の薬が効いたのか、一日休んだだけで棚澤の風邪はほとんどよくなった。

偕から千野に電話があったのは、棚澤がもう咳も出なくなった、さらに数日後のこと。

「……う、うん……わかった、また後で、都合のいい日、連絡する……」

久しぶりに早く帰宅できた平日の夜、電話に出た千野が以前留守番電話のメッセージを聞いた時のように体を硬直させたので、相手が誰なのか聞かなくても棚澤にはわかった。

「お兄さん？」

覚束《おぼつか》ない手つきで受話器を電話に戻し、食事途中のテーブルに着き直しながら、千野が棚澤に頷いた。

「……奥さんが手料理ふるまうから、家に来いって……幼稚園の娘も、叔父《おじ》さんに会うの、楽しみにしてるから、って……」

普通に考えれば、兄夫婦からの楽しい食事のお誘いだ。

偕と以前話をした棚澤にも、彼が単純に弟ともっときちんとつき合いたいとか、まっとうな人格らしい彼の奥さんが夫の家族とちゃんと面識を持ちたいと願っているのだろうことはすぐわかる。

だが千野には偕がわざわざ自分を誘う意味がわからないようで、またひどく動揺していた。

「……どうしよう？」

それでも千野が自分の内に籠《こ》もってしまわず、相談を持ちかけてくれたことが、棚澤には嬉しかったしほっとする。

縋《すが》るように訊ねられて、自分が答えを与えてしまうのは違うと思ったので、どちらかに決めてやることはできなかったが。

「千野が選びな。俺はどっちでも、おまえの選んだ方を支持するよ」

「……」

千野は考え込む表情で黙ったが、以前のように虚空《こくう》を見る眼差しにはなっていない。棚澤は余計なことを言わず、黙って食事を続けた。

「……行くだけ行ってみる」

長い沈黙の後にようやく呟いた千野の答えが、棚澤には実のところ少しだけ意外だった。前にあれほど怖がっていたし、自分との絶対に揺らがない未来を受け入れてくれたのなら、わざわざそれ以外の人間と関わりを持つ必要はなくなると、千野が判断すると予測していた。それで肩透《かたす》かしを食った気分になるのは、千野にも偕にも失礼な気がして、棚澤はただ笑顔で「そうか」と頷いただけだった。

◇◇◇

次の日曜の昼に、全身ガチガチに緊張した千野が偕の家を訪問するためマンションを出て、棚澤も途中までついていった。

千野はどうしても足が竦《すく》んで止まってしまい、棚澤はそれを励《はげ》まし宥めて電車に乗せ、結局偕の住むマンションの近くまで引っ張るように連れていく羽目《はめ》になった。

「約束したんだから、頑張れ。姪《めい》っ子にプレゼントも買ってやっただろ。お義姉《ねえ》さんは、おまえのために昼食作って待ってるって言ってくれてるんだ」

「う、うん」

あまりに嫌がるようなら連れ帰ってもいいかと思ったが、千野は口に出しては嫌だと言わなかった。それに、一度は自分から偕に電話をかけ直し、今日この時間に伺《うかが》いますと宣言しているのだ。人との約束を破ることを、棚澤は千野にもさせたくない。

「行って、きます」

最終的にはマンションのエントランス前まで千野を連れていき、強ばった顔で去っていく様子を見送ってから、棚澤は適当な喫茶店を探して中に入った。偕が千野のところを訪れた時と同じように、そこでひたすらコーヒーを飲んで時間を潰《つぶ》す。夕食よりはランチの方が気が楽だし、長く居座る必要がなくなるからと、千野は昼間の時間を選んだ。

（奥さんが緩衝材《かんしょうざい》になってくれれば、偕さんと差し向かいってよりは千野も辛くないだろうけど……）

今度は偕の本心がわかった状態なので、以前の時ほど棚澤も心配はしていない。

（小さい子を見たら、千野も気が休まるかもしれないし。自分の姪なら可愛いだろう）

卑怯《ひきょう》な手段だとは思ったが、棚澤はこっそり偕に連絡を取って、彼の娘が欲しいものを先回りして訊ねておいた。だから喜ばれるのは確実だ。

ついでに、偕には「会話は奥さんに主導権を渡した方がいいと思う」というアドバイスも、僭越《せんえつ》ながら与えておいた。

(別に偕さんと千野が急に心からわかりあえたりしなくてもいい、ただ、ちょっと遊びに行って、普通に、楽しい時間が過ごせたっていう実績ができれば、千野がああまで怯《おび》える必要もなくなるだろうし)

あれこれと考えているうち、千野から『今兄のところを出た』とメールが届いた。千野を送り出してから二時間足らず。随分と短いが、それでも前回の三十分よりは格段の進歩だ。棚澤は自分の居場所をメールで返した。

喫茶店に現れ、棚澤の向かいに腰を下ろした千野は、すっかり疲れ切った顔をしていた。

「——大丈夫か?」

どう訊ねようか思案《しあん》した挙句《あげく》、棚澤が無難《ぶなん》な言葉で呼びかけると、千野が意外にも微《かす》かに笑って頷いた。

「うん、緊張して、疲れたけど」

最悪の場合、千野がまた失調《しっちょう》することも覚悟していた。

けれども棚澤の懸念を余所《よそ》に、千野はどことなく嬉しそうな様子になっている。

「兄さんの子、プレゼントすごい喜んでくれた。ちょっと心配になるくらい悲鳴上げて……」

「ああ、小さい子の喜びぶりってすごいよな。大歓喜！　って感じで」

それで千野も喜んでいるのだろうか。何にせよ、千野の気分が落ち着いているのなら、棚澤にだってそれは喜ばしい。

疲れているようなのでここで休んでいくかと訊ねてみると、千野ができれば家でゆっくりしたいと言うので、すぐに店を出ることにした。

偕の住むマンションとは、電車で一時間と少しの距離。運よく座れた車内で、千野が偕の家でのことをぽつぽつと棚澤に話してくれた。

「うちと造りはそう変わらないのに、部屋が何て言うか、『子供のいる家』って感じで。姪っ子の着飾った写真が一杯《いっぱい》飾ってあって、それはともかく、兄さんと奥さんの結婚式の写真まで飾ってあるのにちょっとびっくりした……」

それは確かにびっくりだと、一度会っただけの偕のことを思い出して、棚澤は内心で頷く。奥さんの趣味だろうか。しかし、娘の写真を待ち受けにして、初対面の自分にまで見せたのだから、偕自身が率先《そっせん》して飾ったのかもしれない。

「兄さん、会わないうちに、凄《すご》く印象が変わったな……前会った時は全然わからなかったけど、奥さんと娘と一緒にいると、何て言うか普通のお父さん、って感じで。娘膝《ひざ》に乗せてニコニコしてるの、ちょっと不気《ぶき》……いや、微笑《ほほえ》ましくて……」

偕も酷《ひど》い言われようだ。千野と暮らしていた頃は、弟に対してよほど冷淡な態度を取り続けていたのだろう。少なくとも、冷淡に見えてしまうような態度を。

「奥さんはすごく明るくて優しい感じの人で、子供も可愛くて、俺にぬいぐるみ投げつけてきたり。怒られてたけど」

千野がゆっくりと話し続ける兄一家の話に、棚澤が相槌《あいづち》を打ちながら聞くうち、電車が地元駅に辿《たど》り着《つ》いた。

駅を出てマンションに向かいながらも、千野が話を続ける。

「兄さんは俺とはほとんど喋《しゃべ》らなくて、奥さんとばっかり話してた気がするけど——帰る間際《まぎわ》に、急に言われたんだ。『俺が継《つ》ぐ千野家の墓におまえも入れてやるから、安心しろ』って」

どこかで聞いたことのある台詞に、棚澤は千野の隣を歩きながら、つい小さく噴き出した。

(考えることは一緒か)

偕がどのような思考を経《へ》てその結論に辿《たど》り着《つ》いたのかは、棚澤にも嫌と言うほどわかった。

「でも俺は、棚澤と一緒に買う墓に入るつもりだから大丈夫って、言っておいた」

「——え?」

駅からマンションへと続く遊歩道の半《なか》ばで、棚澤は思わず、立ち止まった。

釣《つ》られたように、千野も棚澤の横で足を止めている。

「言っておいた……って……」

「今、一緒に暮らしてる人がいて、その人ともう約束してるから。だからせっかくだけど、って断った」

「……おまえ……」

偕にだけは絶対に言えないと、あれほど言い張っていたのに。

驚愕《きょうがく》する棚澤を見て、千野はどこか肩の荷が下りたという感じで、気の抜けた笑いを浮かべている。

(もしかして……だから朝、あそこまで固くなってたのか?)

偕からの誘いを、怖くても逃げずに受けて、それでも緊張しながら会いに行った千野の決意に、棚澤は今さら気づいた。

「……お兄さん、何だって?」

「ご先祖《せんぞ》さまの墓参りくらいは、たまにでいいから来いって」

「そっか……」

笑って頷き、棚澤は再び歩き出した。千野もついてくる。

「でもどうして、棚澤も兄さんも、急に墓のことなんて言い出したんだ。最近流行ってるとか?」

千野は不思議そうにしている。棚澤はもう一度笑った。

「お兄さん、結婚して五年目だろ。新婚の頃のふわふわした気分じゃなくて、この先一生相手を守って暮らすことを長い目で見て決意できるようになったら、死んだ後も一緒にいたいって考えるようになるんだよ。きっとさ」

「……なるほど」

納得したように頷く千野は、また嬉しそうな顔になっている。

そういう千野が、棚澤にもやはり嬉しい。

千野が偕と会うことを自分で決意した時は、少し肩透かしを食った気分だなんて思ったけれど。

(でも絶対、この方がいい)

千野を自分以外と関わらせず、マンションの中だけに閉じ込めてしまっても、千野の心の平《へい》穏《おん》のためにはいいのかもしれない。

それでも、千野のことを好きでいてくれる人たち——偕とか、横倉とか——と関わり合うことで、ただ静かに生きるよりも幸福な気持ちを千野が味わえるのなら、その人たちとくらいはわかり合えるようになってほしい。

そう願う気持ちを、千野自身にも告げながら、マンションまで帰り着く。

「千野はせっかくそんなに優しくて、誰に好かれたって不思議じゃないのに、閉《と》じ籠《こ》もってるのは勿体《もったい》ないと思うよ」

疲れている千野をソファに座らせ、自分はコーヒーを淹《い》れてやりつつ、棚澤はそう言った。

偕も昔こんな気持ちだったのだろう。

「うん……たくさんの人と、っていうのは無理だけど、せっかくこっちとつき合ってもいいって思ってくれる人まで切るのは、確かに勿体ないと思った。ちょっとだけ」

偕の家に行って何か思うところがあるのか、頷く千野の肩からはやはりいつもより少し力が抜けている。

淹れたコーヒーを両手にして、棚澤は千野の隣に腰を下ろす。

「でも千野を一番好きなのは俺だからな？」

カップを手渡しながら言った棚澤に、千野は軽く驚いた顔をしてから、照れた表情になって頷いた。

「うん。知ってる」

「墓買おうって言ったの、千野を安心させたいって気持ちもあったけど、本音のとこでは俺自身がおまえのこと最後の最後まで自分だけのものにしたいって願望もあったのかも」

ここまでは気づいていないだろうと思い、棚澤は千野にそう打ち明けた。

案《あん》の定《じょう》、千野がまた驚いた顔になっている。

棚澤はそれを見遣《みや》って軽く苦笑した。

「自分のこと、もうちょっと心の広い人間だと思ってたけど。全然そんなことなかったな、俺は一瞬だけでも、千野が俺だけ見て、他の人……お兄さんとか横倉にも関わらなくたっていいんじゃないかって、また思いかけた」

小倉からの手紙を絶対に見せるべきじゃないと考えたのも、それで千野が不安定になることが心配だったせいだけではなく、過去の恋人が千野の頭をどんな感情であれ占めることに、どこかで抵抗があったからだ。

「千野をしまい込んで誰の目にも触れさせない——とか、やるつもりはないしやっちゃいけないと思うけど、いちいちヤキモチ妬《や》くのも止められそうにない。困ったもんだなあ……」

本当に困って、棚澤は溜息をついた。こんな自分は今まで知らなかった。横倉に言われたとおり、昔は誰かに対して独占欲を剝《む》き出《だ》しにすることなんて、なかったはずなのに。

(千野に再会して、変わってしまった)

それを悔《く》やむ気は勿論《もちろん》ない。千野ともう一度出会うことがなければ、今こうして幸福な気分を味わえないはずだから、手に入らなかった時のことを想像する方が棚澤には苦痛だ。

「……兄さんに会おう、って気になったのは」

両手でコーヒーカップを持って、その水面に視線を落としながら、千野が少し棚澤の方へと凭れるように身を寄せてくる。

「棚澤が一番好きで……棚澤がいてくれるから、他の人と上手くいかなくても大丈夫って保険っていうか……棚澤と暮らしてるって話す気になったのも、おまえが『大事な人の家族にはきちんとしたい』って思ってくれたのわかってて、ダメ元でもそういう努力をするのが、少しでもおまえの気持ちに応えることになるなら、そうしたいって」

「……」

棚澤は何だか、応える言葉に詰まった。

千野がそんなことを考えて、偕に会いに行ったなんて、思ってもいなかった。

「正直玉砕《ぎょくさい》覚悟で行ったけど、棚澤のおかげで兄さんと話せて、思ったほど嫌われてないってわかって、もしかしたら少しは好意を持たれてるのかもっていうのも、わかった。……ありがとう」

小さな声で言って、千野が棚澤の肩口へと顔を擦《こす》りつけてくる。

棚澤は返事を思いつけないまま、自分に寄り添う千野の耳許に唇をつけた。千野がゆっくり顔を上げるのを見て、今度は唇に接吻《くちづ》けながら、自分のカップと千野の手から取り上げたカップをテーブルの上に避難させる。

千野の方からも棚澤と深く繋《つな》がるのを求めるように、積極的に舌を絡《から》めてきた。棚澤はそれに応えて千野の舌や口中《こうちゅう》を探り、相手のシャツのボタンに手をかける。

千野がその手を押《お》し留《とど》めてくることに、怪訝《けげん》な気分になった。

「――あの、ここだと、狭いから」

深いキスで息苦しくなったせいだけではなく、ほのかに赤くなって千野が呟く。棚澤は千野の手を握り返した。

「ベッドで、ゆっくり？」

耳許に低い声で囁くように訊ねると、千野が震えを誤魔化す仕種で頷く。

棚澤は赤らんでいる相手の目許にもキスすると、ソファから立ち上がり、千野と手を繋いで寝室へと移動した。

お互いベッドに辿り着くまでの短い距離も耐えられない気分で、寝室に入るなりどちらからともなく抱き合って、また深く接吻けを交わす。千野の方が先に棚澤の服を脱がせにかかった。棚澤も相手の服をもどかしい仕種で剝《は》いで、ベッドの上に転がるように倒れ込んだ時には、どちらもほとんど身に纏《まと》うものがない状態だ。

「ん……、……んっ……」

棚澤は最初から遠慮のない動きで千野に触れた。キスをしながら両脚を割って、もう勃《た》ちかけている千野の性器を腿《もも》で擦って刺激する。指で乳首を摘《つま》む。ぷっくりと膨《ふく》らんできたその乳首を、今度は唇で吸い上げる。

「あッ……ん、ぁ……、……っ……」

千野は快楽を感じているようなのに、それを表に出さないよう声も反応も必死に堪《こら》えている。最初はいつもそうだ。このマンションは随分しっかりした造りだから、多少大きな声を出しても、余所《よそ》に聞こえる心配だってなさそうなのに。

他人にというより、棚澤に、千野は自分の嬌声《きょうせい》をあまり聞かせたくないと思っているらしい。それが棚澤には不満だ。

もう先走りで濡れているペニスを擦り上げながら、棚澤はわかりきったことをわざと声に出して訊ねた。感じている表情を見せまいとしているように顔を逸《そ》らした千野が、それでも素直に頷く。

「気持ちいい、千野？」

「顔見せて、ちゃんと」

ねだるように棚澤が言うと、今度は首を横に振られてしまった。

「駄目……今、みっともない顔してる……」

千野のそういう声も、表情も、棚澤にとっては『みっともない』と思うようなものじゃない。繰り返し告げても、千野はなかなかさらけ出そうとはしてくれない。

――そういう姿が余計、棚澤を煽《あお》るのだということには、気づきもしない様子で。

「じゃ、いいよ。見ないように」

棚澤は少しだけ意地悪く言って、千野の上から身を起こした。戸惑った顔になる千野には何の説明もなく、相手の体も引き起こして、座ったまま背中から抱き締める格好《かっこう》になる。千野の膝を大きく開かせて、上向いている性器に触れ直した。こうすると棚澤には千野の顔が見えない。

その代わり、千野の昂《たか》ぶりとそれを根本から扱《しご》く棚澤の手が、棚澤にも千野にもつぶさに見えるようになる。

「た……棚澤……」

「顔は見えないんだから、文句ないだろ？」

片手で相手のペニスを弄《いじ》り、片手で乳首を捏《こ》ね、震える細い首筋には軽く歯を立ててみる。千野は棚澤の方へと体を預ける仕種になった。弱いところをあちこち刺激されるたび、体のどこかが小さく跳ねている。胸を弄る棚澤の腕に、縋りつくような動きも見せた。

「……前……だけじゃ、やだ……」

半泣きの声で訴《うった》える千野のペニスは、もう限界まで昂ぶりきっている。千野は一人だけ手でいかされることを、いつも嫌がった。

「ん。中も、ちゃんと気持ちよくしような」

自分だけではなく、棚澤のことも気持ちよくしたいのだという千野の言外《げんかい》の訴えは無視して、棚澤はベッドのサイドボードを探り、ローションを取り出した。千野とちゃんとつき合うようになって、相手をより気持ちよくさせたいと思った棚澤が準備して使うようになったもの。

棚澤は千野の目の前で、わざと見えるように、ボトルの蓋《ふた》を開けると自分の手にローションを垂《た》らした。少し粘《ねば》り気《け》のある無色の液体。

後ろにいる棚澤からは見えないけれど、千野が今どんな様子かは簡単に想像がついた。ローションを行き渡らせるように動かす棚澤の指が見られず、一度目を逸らす。でも気になって、ちらちらとそこに視線を向けてしまう。

棚澤はボトルを手放し、たっぷり濡らした指で、千野の脚の間を探った。すぐに窄《すぼ》まりを見つけて、周辺にローションを塗りつける。

微かに焦《じ》れるように千野が身を捩《よじ》ったのを見計《みはか》らって、中に指を押し入れた。

「……っ……」

ぞくぞくと、千野が全身を鳥肌立てるのが、目に見えてわかった。わざと音を立てて中を掻《か》き回《まわ》すと、千野は与えられる感覚を拒《こば》むように小さく首を振りながらも、逃げる気配はまったくなく、棚澤の腕にまた縋りついてきた。

「あ……っ、あ、あっ……」

内壁《ないへき》を擦るたびに、千野の口からは堪えきれない短い声が漏《も》れる。呼吸はすでに乱れていた。

千野の反応に、棚澤の体も熱くなってくる。

千野がまた身を捩り、自分の背と棚澤の間にある、棚澤の性器に手を伸ばす。千野の手に直接刺激されるまでもなく、棚澤のペニスも完全に上を向いていた。

「……自分で入れてみる？」

熱心に擦り上げてくる千野の動きに、自分も声を漏らしてしまわないよう堪えながら、棚澤は訊ねてみた。千野が躊躇《ちゅうちょ》もなく微かな頷きを返し、棚澤は千野の中から指を抜き出した。

千野が自分で少し腰を浮かせる。手で支えた棚澤の先端を、ゆっくり自分の窄まりへと宛《あて》がうように体の位置をずらしている。

そして千野が自分のものを呑み込む姿を、棚澤は後ろから熱心な目でみつめた。千野は興奮しているのか、恥ずかしいのか、全身を赤くしている。それでも嫌がる様子はひとつもなく、じりじりと棚澤を体の中に受け入れていく。

多分千野は、棚澤が望めば、どんな恥ずかしいことでも、どんな辛いことでも、どんなにいやらしいことでも、拒まずするだろう。

「ん……、……く……」

苦しそうな、切なそうな声を漏らして、千野の体が最後まで棚澤のものを呑み込んだ。

締めつけられる感覚に、棚澤もきつく眉根を寄せる。

千野の中は温かい。熱に包まれる感じ。ぎゅうぎゅうと締《し》めつけながら、棚澤のものにぴったり吸い付く感じ。こんなふうにしっくりくる相手を、棚澤は他に知らない。

「……ん」

千野が少しずつ腰を揺らし始め、棚澤も堪えきれず声を漏らした。

——最初から千野とのセックスは信じがたく気持ちよかった。体の相性というものがあるのなら、千野とはそれがよすぎるのだと思う。体の造りがどうなのかはわからない。ただ、千野のしたいことが棚澤のされたいことで、棚澤のしたいことも千野のされたいことなのだろうと、そう感じる。

与えて欲しい時に、与えて欲しい感覚を的確に与えられる。他にこんな繋がりを味わったこ

とは一度もない。

千野の中に擦られるうち、もっと強い刺激が欲しくなって——千野をもっと乱れさせたくなって、棚澤は自分からも相手の動きに合わせて体を揺すり始めた。

「あっ、あ……ッ……!」

途端、千野の声が高くなる。中を締めつける力も強くなるが、棚澤は構わず、少し強引な動きで出し入れを繰り返した。目が眩《くら》むような快楽に、途中から我を忘れて千野の体を押さえつけ、貪《むさぼ》るようにその中を犯した。

学生時代じゃあるまいし、こんなにがっつくことがあるなんて自分でも信じられない。新婚の時も、夢中にはなったけれど限度は知っていた。別れた妻はセックスが好きじゃなかった。今考えれば——いや、今考えることではない。でもどうしても較べてしまう。

「た、なざわ、待っ……、……強、すぎ」

されるまま大きく体を上下に揺さぶられて、千野が泣き声に近い響きで言った。

千野はいつも苦しそうな顔をして苦しそうな声を出す。感じ過ぎるのが、恥ずかしいのが辛いと。そんな自分を晒け出しそうになるのを拒んでいる。

(見せていいのに)

千野がどんなふうに乱れても、棚澤にもその姿を見ることが快楽にしかならない。

「棚澤……棚澤」

喘《あえ》ぐような呼吸を繰り返し、千野が顎《あご》を仰《の》け反《ぞ》らせて、また自分からも動き始めた。最初は堪えていても、いつも途中からは我を忘れて千野が求めてくる。棚澤にはそれが可愛くて仕方ない。千野がこんなふうになるなんて、自分がそんな千野に溺《おぼ》れるなんて、学生時代は考えたことがなかった。あの頃は千野はただ優しくて、穏やかで、心地よい存在だった。

（もう、絶対、手放せない）

そう思い、棚澤は家に閉じこもっているせいで抜けるように白い千野の背中をきつく吸った。もっと声が聞きたくて、性器を少し荒く摑んで扱く。

「やっ、あ……ッ……！　……、……」

びくびくと、千野の体が痙攣《けいれん》するように震えた。握ったペニスの先端から体液が吐き出されるのを感じながら、棚澤も千野の中に精を注《そそ》ぎ込《こ》む。

「……は……」

お互い荒い息のまま、しばらく震えの止まらない体を寄せ合ったままでいた。

離れるのが名残惜《なごりお》しく、棚澤は千野の体を抱き締め続けたが、相手がぐったりと自分の方へ身を預けている様子を見て、慎重に中から萎《な》えた性器を抜き出した。このままでいれば、千野の体を思《おも》い遣《や》ることもなく、また中をぐちゃぐちゃに犯してしまいそうだ。

力をなくしている千野をベッドに横たえ、棚澤もその隣に転がった。また千野を腕で抱き直す。

無意識の動きで相手の腰辺りを撫でたら、千野がくすぐったそうな、困ったような溜息を漏らした。

「何でいつもそこばっかり……？」

腰というか、背中に近い脇腹。

綺麗な千野の肌に、一箇所《いっかしょ》だけ醜《みにく》く引《ひ》き攣《つ》れるような痕《あと》がある。刃物で傷つけられて、縫《ぬ》われた痕。

言われて初めて、棚澤は自分がその傷痕に触れていることに気づいた。

「治らないかなと思って」

無意識だったのは、その傷を意識するたびに、小倉に対する怒りが湧《わ》いて出てしまうからだ。

「……」

千野が身動《みじろ》ぎ、棚澤と向かい合うような格好になった。ぎゅっと、千野からも棚澤の体を抱き締めてくる。

「もう痛くないから、全然」

千野の声音に、強がりは感じられない。

「……もし」

迷った挙句、棚澤は答えを出す前に、気づけばそんな呼びかけを千野に向けた。言ってから聞こえていなければいいと思ったが、千野は先を促《うなが》すように棚澤の顔を見ていた。

「もし、小倉先輩がまたおまえに会いたいって思ってたら、どうする？」

それが今聞くべき問いなのか、わからないまま。

訊ねた棚澤に、千野が少し目を伏せて黙り込み、そう時間をかけずにまた棚澤のことをみつめた。

「もしそうだとしても、小倉さんと連絡を取ったって、俺にできることってないから」

千野は微かに笑っていた。泣きそうな表情に近くはあったが。

「この先、小倉さんにも、俺にとっての棚澤みたいな人がみつかるといいって、願うくらいで」

「……千野」

呼びかける棚澤に、千野がもう少しちゃんとした笑顔で笑った。

「好きなのは、棚澤だけだよ。……昔も今も」

もしかしたら、千野の体に傷を残し続ける小倉に、棚澤が嫉妬しているのだと思われたのかもしれない。

それは事実ではあったし、それでも好きだと言ってくれる千野の言葉が、棚澤には嬉しい。

(もう、大丈夫なのかもな)

見せる気はどうしても起きないが、たとえ小倉からのあの手紙を今の千野が見ても、少し前までのように不安定になることは、もうないのかもしれない。

そうなれた理由が自分にあるのだとすれば、棚澤はやはり、言葉にできないくらい嬉しかった。

「俺も、この先ずっと、千野だけ愛してる」

喜びを吐き出す代わりに、真摯《しんし》な声音でそう告げると、今度こそ千野の顔が何の愁《うれ》いもなく綺麗に綻《ほころ》んだ。

ポエムはさすがにあんまりだけど、二人が入る墓に『愛』くらいは刻んでいいんじゃないかと真面目に考えながら、棚澤は千野と接吻けを交わした。

あとがき

渡海奈穂

小説ディアプラス（雑誌）の『再会愛』特集の時に掲載していただいた表題作に、書き下ろしをつけて文庫にまとめていただきました。ありがとうございます。

『中学か高校の時の同級生で今は社会人』っていうのは結構書いた覚えがあるんですが、大学が一緒だった人同士って、そういえばあんまり書いたことない気がします。あんまりっていうかこれが初めてかも。

千野《せんの》は多分いつも通りだろうけど、棚澤《たなざわ》が自分にしては珍しいキャラクターだなあと思いました。本篇を執筆していた当時はたしか性格のいい、比較的まともな攻を書こうキャンペーンを展開していた気がします。自分の中で。

棚澤を書いていて、性格がどうこうというより「何かしらんけどこの人すごくよく喋《しゃべ》るなあ」と思っていた記憶があります。あれ、そして今このあとがきを書いていて、もしかしたら人にちゃんと自分の気持ちを説明しよう、わかり合おうという前向きな性格だからかなと思い至った！　そうかそうか！

大体わたしが普段書いてる攻の人は相手に何かを伝えようと思いつく能力に乏《とぼ》しいので、いらんことはよく喋るくせに大事なことを口に出して言わなかったり、している。しています…。

何かの敗因《はいいん》がわかった。


棚澤がそういう特殊な人のせいか、今まで書いた中で、この本の二人はもっともいちゃいちゃするカップルというイメージになりました。バカップルはいつもいつもいつも書いてるんですが、何て言うの、わかりやすく普通に新婚って言うの。ツンデレ不在。

そのうちお互いを名前↓愛称《あいしょう》で呼び合うんじゃないだろうかと想像し戦慄《せんりつ》を覚えますが、本人たちはすごくしあわせだろうからいいのか。

棚澤の夢は、将来千野を外国旅行に連れ出して、何を憚《はばか》ることもなく手を繋《つな》いで一緒に歩くことです。棚澤って「千野は俺が望めば何でもしてくれる」って思ってるけど、千野に「みんなの前でいちゃいちゃしたい」って訴《うった》えても「無理」って終わってる…が、「じゃあ仕方ないか、俺にとっても千野が楽な方が嬉しいもんな」＝「千野の望みは俺の望みだから拒《こば》まれたわけじゃない」ってなるので大丈夫です。

千野が異様に書きやすかった分、本篇では棚澤の扱《あつか》いに割と困ったんですが、書き下ろしではわたしの標準装備「残念」が装塡《そうてん》されたので大丈夫でした。

大丈夫です。

棚澤のことばかり書いて終わってしまったではないか。

カキネさんのイラストのおかげで棚澤が十倍格好《かっこ》よく、千野が十倍色気のあるイメージになりました、ありがとうございます！　偕《かい》もあまりに格好いいので、ホモでないのが勿体《もったい》ないとひたすら悔《く》やんだほどでした…。ホモだったら確実に受。

カキネさんと担当さんをはじめ、この本が作られる・売られるために関わってくださったみなさん、何よりお手に取ってくださったみなさんに感謝しつつ、この辺で。

変わらないものなんてないと本気で思っている本人が一番変わらないものを持っていた、という至極《しごく》シンプルな話を書けて楽しかったです。

読んでくださってありがとうございました。

渡海奈穂
http://www.eleki.com/

D E A R + N O V E L

夢じゃないみたい《ゆめじゃないみたい》

この本を読んでのご意見、ご感想などをお寄せください。
渡海奈穂先生・カキネ先生へのはげましのおたよりもお待ちしております。
〒113-0024　東京都文京区西片2-19-18　新書館
[編集部へのご意見・ご感想] ディアプラス編集部「夢じゃないみたい」係
[先生方へのおたより] ディアプラス編集部気付　○○先生

初　出
夢じゃないみたい：小説DEAR＋09年アキ号（Vol.35）
病める時も健やかなる時も：書き下ろし

新書館ディアプラス文庫

著者：**渡海奈穂** [わたるみ・なほ]
初版発行：**2011年2月25日**

発行所：**株式会社新書館**
[編集] 〒113-0024　東京都文京区西片2-19-18　電話(03)3811-2631
[営業] 〒174-0043　東京都板橋区坂下1-22-14　電話(03)5970-3840
[URL] http://www.shinshokan.co.jp/
印刷・製本：**図書印刷株式会社**

定価はカバーに表示してあります。乱丁・落丁本はお取替えいたします。
ISBN978-4-403-52268-0

この作品はフィクションです。実在の人物・団体・事件などにはいっさい関係ありません。

S H I N S H O K A N